**VIVO
MUITO
VIVO**

VIVO MUITO VIVO

15 contos inspirados nas
canções de Caetano Veloso

ORGANIZAÇÃO
Mateus Baldi

TEXTOS DE
Arthur Dapieve, Carlos Eduardo Pereira, Cida Pedrosa,
Cidinha da Silva, Edimilson de Almeida Pereira,
Giovana Madalosso, Jeferson Tenório, Juliana Leite,
Marcelo Moutinho, Mateus Baldi, Micheliny Verunschk,
Nara Vidal, Paula Gicovate, Renata Belmonte, Socorro Acioli

1ª edição

Rio de Janeiro
2022

Copyright © by Arthur Dapieve, Carlos Eduardo Pereira, Cida Pedrosa, Cidinha da Silva, Edimilson de Almeida Pereira, Giovana Madalosso, Jeferson Tenório, Juliana Leite, Marcelo Moutinho, Mateus Baldi, Micheliny Verunschk, Nara Vidal, Paula Gicovate, Renata Belmonte, Socorro Acioli

Projeto gráfico de capa: Angelo Bottino
Imagem de capa: Arquivo Nacional, BR RJANRIO PH.0.FOT.47194(15)
Projeto gráfico de miolo: Ligia Barreto | Ilustrarte Design

CIP-BRASIL. CATALOGAÇÃO NA PUBLICAÇÃO
SINDICATO NACIONAL DOS EDITORES DE LIVROS, RJ

V845

Vivo muito vivo : 15 contos inspirados nas canções de Caetano Veloso / textos de Arthur Dapieve... [et al.] ; organização Mateus Baldi. – 1. ed. – Rio de janeiro : José Olympio, 2022.

ISBN 978-65-5847-105-9.
1. Veloso, Caetano, 1942-. 2. Contos brasileiros. I. Dapieve, Arthur, II. Baldi, Mateus.

22-79008
CDD: 869.3
CDU: 82-34(81)

Gabriela Faray Ferreira Lopes – Bibliotecária – CRB-7/6643

Todos os direitos reservados. Proibida a reprodução, armazenamento ou transmissão de partes deste livro, através de quaisquer meios, sem prévia autorização por escrito.

Este livro foi revisado segundo o novo Acordo da Língua Portuguesa.

Reservam-se os direitos desta edição à
EDITORA JOSÉ OLYMPIO LTDA.
Rua Argentina, 171 — 3º andar — São Cristóvão
20921-380 — Rio de Janeiro, RJ
Tel.: (21) 2585-2000.

Seja um leitor preferencial Record.
Cadastre-se em www.record.com.br
e receba informações sobre nossos lançamentos e nossas promoções.

Atendimento e venda direta ao leitor:
sac@record.com.br

ISBN 978-65-5847-105-9

Impresso no Brasil
2022

> I'm alive and vivo muito vivo, vivo, vivo
> Feel the sound of music banging in my belly
> Know that one day I must die
> I'm alive
>
> CAETANO VELOSO,
> "Nine out of ten"

Sumário

Apresentação, por Mateus Baldi   9

A noite ("Michelangelo Antonioni")   13
  Arthur Dapieve

A long way from home ("It's a long way")   27
  Carlos Eduardo Pereira

Berrante ("Aboio")   31
  Cida Pedrosa

A bilha e as fitas K7 ("Terra")   35
  Cidinha da Silva

Gare Cornavin — Trem Fantasma ("Trem das cores")   39
  Edimilson de Almeida Pereira

Casa das Palmas ("Tigresa")   51
  Giovana Madalosso

Ninguém pode ser tão feliz ("Quando o galo cantou")   59
  Jeferson Tenório

Onde você vai achar outro amor como o meu
  ("Nosso estranho amor") — 63
Juliana Leite

Fogueira ("Genipapo absoluto") — 91
Marcelo Moutinho

Trança ("Neolithic man") — 99
Mateus Baldi

Uma fresta ("Giulietta Masina") — 113
Micheliny Verunschk

Marcelina ("London, London") — 117
Nara Vidal

Terminal Tietê ("Queixa") — 121
Paula Gicovate

Desavisos ("O quereres") — 129
Renata Belmonte

A primeira mulher que cantou ("Motriz") — 139
Socorro Acioli

Sobre os autores — 151

Apresentação

Quando você começar a ler este livro, Caetano Veloso já terá completado 80 anos. Nas últimas seis décadas, sua presença tem sido incontornável no debate público: da alvorada do Tropicalismo às recentes questões urgentes do país, Caetano é um pensador do Brasil como potência infinita em um mundo cada vez mais careta. Daí suas canções, sua revolução deflagrada no festival de 1967 e reafirmada no histórico discurso do ano seguinte, cantando "É proibido proibir" acompanhado d'Os Mutantes. Passados mais de cinquenta anos, entendemos alguma coisa — mas nunca a totalidade da figura de Caetano Veloso.

Se ele é múltiplo, capaz de se reinventar tantas vezes quantas forem possíveis, entrando e saindo das estruturas, para ficarmos com um desejo seu quando formulava as bases do Tropicalismo, era preciso que esta antologia prestasse uma homenagem também a esse caráter. Cada ouvinte, cada leitor de Caetano ouve, lê e interpreta um

Caetano diferente, algo que compreendi no início de minhas pesquisas acadêmicas sobre sua obra e que norteou este trabalho.

Ao pensar como transformar as letras em contos, entendi que precisava convidar algumas das pessoas que mais me encantavam na literatura brasileira contemporânea. Escritores de múltiplas vozes, múltiplas origens, cujo trabalho acompanho com a maior alegria possível.

Em *Não estou lá*, filme de 2007, Bob Dylan foi vivido por nomes como Cate Blanchett e Heath Ledger. Penso não ser exagero algum que Caetano Veloso — que já declarou que suas letras "são todas autobiográficas. Até as que não são, são" — possa ser *escrito* por nomes tão díspares como Cida Pedrosa e Arthur Dapieve: da primeira, a violência no Recife a partir de "Aboio"; do segundo, a noite de um bar no Leblon vira o mote perfeito para "Michelangelo Antonioni". Marcelo Moutinho, Micheliny Verunschk e Edimilson de Almeida Pereira — respectivamente, carioca, pernambucana e mineiro —, por sua vez, investigam as relações em suas diversas formas, do pai aos amantes e à distância, em "Genipapo absoluto", "Giulietta Masina" e "Trem das cores". A paixão segundo Caetano também é reconfigurada pela campista Paula Gicovate e pela petropolitana Juliana Leite, com "Queixa" e "Nosso estranho amor".

A fase londrina tampouco ficou de fora: "London, London" marca presença via Nara Vidal, mineira radicada

APRESENTAÇÃO

em Londres, e, celebrando os cinquenta anos de *Transa*, "Neolithic man" e "It's a long way" aparecem no meu conto e no de Carlos Eduardo Pereira, ambos cariocas, atualizando o sentimento de exílio.

De Curitiba, Giovana Madalosso reimagina a história da "Tigresa", e a baiana Renata Belmonte traz à tona os mistérios de "O quereres". Completando o time, Socorro Acioli busca "Motriz" a partir de Fortaleza, a mineira Cidinha da Silva encontra inspiração em "Terra" e Jeferson Tenório, carioca radicado em Porto Alegre, resgata a fase da banda Cê para narrar "Quando o galo cantou"

Estão aqui, portanto, quinze histórias que reforçam a presença literária de Caetano Veloso. De grandes sucessos a lados B não menos geniais, os contos de *Vivo muito vivo* trazem a você, leitor, leitora, outro lado dessa voz tamanha. Um Caetano Veloso plural, brasileiro, como foi a sua produção desde que surgiu para a vida pública nos anos 1960.

Agradeço à Editora José Olympio, na figura da editora-executiva Livia Vianna, pela acolhida imediata do projeto, e a cada um dos escritores que toparam a aventura. Ao crítico e curador Hugo Sukman, meu muito obrigado pelo bonito texto de orelha. À escritora Alexandra Lucas Coelho, que muito me incentivou na ideia de uma antologia que comemorasse Caetano, um agradecimento transatlântico. Esta antologia não é apenas uma celebração dos 80 anos de Caetano Veloso; antes, é uma afirmação do Brasil que queremos.

Boa leitura.

Mateus Baldi
Organizador

> Canção: "Michelangelo Antonioni"
> Álbum: *Noites do Norte*
> Ano: 2000

A noite

Arthur Dapieve

Ouve-se o alarido desde a esquina. Ele se sobrepõe às vozes que vêm de bares e lanchonetes na mesma calçada. De longe, a fonte do alarido parece ser uma pequena multidão à deriva. As pessoas falam alto, gesticulam, riem, escorrem para o meio da rua, arriscando-se a um contato breve e fatal com um dos automóveis que acelera rumo ao leste. A maioria das pessoas está com uma tulipa de chope na mão. A minoria, com um copo de caipirinha. Cada novo gole aumenta o volume do alarido. Cada passo adiante aumenta o volume do alarido. Conforme nos aproximamos, percebemos o telhadinho projetado sobre as pedras portuguesas da calçada e, pelas nesgas entre as pessoas que tomam ou chope ou caipirinha, as grades em metal da varandinha pintada de verde. A pequena multidão não está à deriva. Ela envolve a varandinha pintada de verde como se quisesse ocultar o que ocorre lá dentro. Da calçada, não é possível dizer se este bar está cheio ou se está vazio, se lá dentro estão todos de joelhos ou se estão todos mortos. A varandinha pintada de verde tem uma portinhola, fechada apenas nas comemorações do carnaval e do futebol. Nessas ocasiões, o segurança controla o influxo e o refluxo das pessoas embriagadas. Em qualquer noite, mesmo nas mais insípidas, como a nossa, chegar até a portinhola demanda negociação, feita de pequenas fintas com os braços que se abrem e as pernas que se esticam abruptamente, como se a aglomeração fosse um único ser vivo, traiçoeiro, incompreensível.

O bar revela-se, afinal. Não está nem cheio nem vazio. As pessoas nem rezam, de joelhos, nem estão mortas, estiradas. Nada de extraordinário acontece lá dentro. As pessoas também falam alto, gesticulam, riem. O primeiro ambiente, a varandinha verde, tem todas as mesas ocupadas. O segundo ambiente, estabelecido por uma fileira baixa de barris de chope, tem três mesas vazias. Elas ficam à esquerda de quem entra, diante do balcão onde estão a serpentina da qual os funcionários tiram o chope — sejamos sábios, peçamos na meia pressão, por favor — e uma vitrine que expõe bandejas com empadinhas de camarão, frango ou palmito e um pernil já bastante mutilado a esta hora da noite. A primeira dessas mesas está vazia por ficar semioculta pela fileira baixa de barris de chope. Ninguém vem aqui para se esconder. Outra mesa vazia é a última do salão interno, que fica antes da porta vaivém com uma escotilha ovalada, dando acesso aos minúsculos banheiros. Ninguém vem aqui para sentir cheiro de mijo, merda ou vômito. Na parede verde que corre ao longo das mesas do salão interno, em frente ao balcão, há quadros e um mural pintado com uma cena bucólica. Uma cachoeira, um lago, flamingos, nada carioca, muito carioca. Os outros quadros trazem recortes de jornais e revistas, além de diplomas de premiação gastronômica. O mais pungente emoldura uma camisa encarnada, autografada pelos integrantes da seleção portuguesa na Copa de 2014, e a foto de um dos dois irmãos sócios do bar, já falecido. É o mais doloroso dentre os vários sinais dos tempos. Pendurados bem alto, em cantos opostos, estão dois suportes para monitores de TV. Quando ligadas, as TVs estão sempre no mesmo canal esportivo, transmita jogo ou resenha. Na fronteira entre os dois ambientes separados pela fileira baixa de barris de chope, uma coluna na parede verde, à esquerda de quem entra, oferece três tomadas para os fregueses recarregarem o celular. Paralelamente a esta coluna e à fileira baixa de barris de chope, também ajudando a demarcar os ambientes, há uma segunda coluna, retangular, isolada, bem próxima da quina da vitrine de salgados. Do lado de dentro, afixado à coluna, um suporte guarda cardápios engordurados. Do lado de fora, há um quadro-negro no qual os funcionários destacam a giz, por dever de ofício e teimosia, uma ou outra novidade no menu. Abaixo deste quadro-negro está o casal.

O casal está sentado no segundo lugar mais resguardado da casa. A mesa com apenas duas cadeiras, uma de frente para a outra, protegidas pela solitária coluna, sem outra mesa emparelhada, graças ao corredor mantido a duras penas para a circulação de garçons e fregueses. Aliada ao frenesi sonoro, essa localização garante que ninguém ouvirá sua conversa, suas juras de amor, suas confissões de traição, suas banalidades. No entanto, a garota e o garoto não se falam. Seguram seus celulares com ambas as mãos, atentos, como se fossem cartas de baralho. Meio chope choco jaz ao lado da garota. Um copo cheio de refrigerante esquenta ao lado do garoto. São jovens, são louros, estão queimados de sol, saudáveis, bem-vestidos, evidentemente ricos, mas sem ostentação, salvo as próprias estampas californianas. Noutros tempos, os colunistas sociais da cidade os chamariam de membros da *jeunesse dorée*. Olhando para a tela do celular, os dois seguem concentrados, quase inexpressivos, talvez um tanto melancólicos, como se a felicidade estivesse em algum outro lugar, não naquela mesa isolada, não naquela varandinha pintada de verde, não neste mundo.

No primeiro lugar mais resguardado da casa, o lado interno da mesma coluna situada na fronteira entre os dois ambientes, uma mera lacuna entre a coluna e o balcão dos salgados, invisível da calçada de pedras portuguesas, dois amigos de meia-idade e óculos bebericam chopes e falam de mulheres que ficaram no passado. De quando em quando, fazem um minuto de silêncio ao verem uma jovem mulher se esgueirar ao longo do balcão, em direção ao banheiro. Há muitos anos, os dois silenciosamente desejam que uma delas se interesse por homens maduros, experientes, vividos. Nenhuma quererá. Há anos nenhuma quer. Não há lembranças de que um dia alguma tenha querido.

O casal do outro lado da coluna tem sua solidão brevemente perturbada por um dos garçons, que pergunta se deve substituir as bebidas amornadas. O garoto mal afasta os olhos da tela do seu celular, mas sorri para o garçom e diz "não". Assim, "não", em alto e bom português local. Agora sabemos, portanto, que ele não é californiano. Podemos apenas presumir que a garota também não seja californiana. Ela não tira os olhos do celular, não sorri e nem diz "não" em bom português local. Quando o garçom se afasta, o garoto olha para ela, talvez em busca de um sinal de aprovação à sua negativa, mas a garota não olha para ele. Em vez disso, digita alguma coisa, rapidamente, com os polegares. No mesmo instante, o garoto abaixa os olhos para a própria tela, abre um meio sorriso e digita alguma coisa, rapidamente, com os polegares. A proximidade temporal entre as duas ações sugere que a garota mandou uma mensagem de texto para o garoto, mas nada é certo, pois eles logo recaem em quase imobilidade, olhos fixos nas respectivas telas. Às vezes, dão duas pancadinhas na tela. A garota loura tem cabelos compridos e usa macacãozinho amarelo, que orna bem com a cor dos seus cabelos e de sua pele bronzeada. Veem-se os pelinhos quase brancos, descendo pelos braços e subindo pelas pernas esguias. Ela usa uma sandália de tiras, baixa, branca, que expõe os pés gregos. O garoto tem cabelos cacheados, que não chegam a tocar os ombros, mas são longos o bastante para chamar atenção dentre os demais rapazes, quase todos morenos de cortes arrepiados com gel e barbas bem aparadas. Ele usa camiseta branca lisa, que se ajusta aos músculos peitorais, e uma bermuda azul-marinho. Calça tênis pretos, de uma grife apreciada por skatistas, sem meias. Nada se pode dizer, então, sobre o formato de seus dedos do pé. O casal forma um quadro bonito de se ver. Uma natureza morta.

De outra mesa da varandinha pintada de verde, ergue-se uma turista, ainda mais loura do que o nosso jovem casal. Pode-se dizer sem dúvida que se trata de uma turista porque, àquela hora da noite, ela traja somente biquíni, provavelmente comprado numa loja local, dada a exiguidade de tecido vermelho, liso. Além disso, a praia da manhã prudentemente não espantou sua palidez. A turista tem uns três metros de altura, é longilínea, sem celulite. Não se mostra acanhada ao erguer-se apenas de biquíni na varanda de um bar e ir, com passadas firmes, em direção ao banheiro. Seu acompanhante, louro e barbudo, nariz arrebitado e rosto avermelhado, está, como quase todos os homens no recinto, de camiseta estampada, bermuda e sandália de dedo. Quando a loura de três metros se ergue, ele a acompanha com o olhar e, conforme ela se afasta em direção ao banheiro, faz uma panorâmica pela varanda. Talvez queira reter aquele momento, aquela gente estranha, para contar na volta, quando ele, a namorada e os respectivos familiares estiverem fazendo sauna, todos nus, enquanto neva lá fora. Porém, o mesmo álcool que ora o anima borrará as lembranças desta noite tropical.

O casal atento aos celulares não notou a turista de três metros passar só de biquíni vermelho, liso, a dois palmos de sua mesa. Todo o resto do bar a escaneou de alto a baixo, com um misto de desprezo e luxúria. A expressão da nossa garota agora é decididamente contrariada, e ela digita com força sobre a tela. Desta vez, não há do outro lado da mesa nenhuma reação passível de ser associada a seu gesto. O nosso garoto segue olhando serenamente para a própria tela. De modo regular, dá duas pancadinhas sobre o aparelho. Pode-se supor que esteja curtindo a vida dos outros, mas também não dá sinal de que a própria vida o desgoste. Não haveria por quê. Está sentado à mesa de um bar caro e badalado, na companhia de uma bela garota, cercado, embora não o note, de outras belas garotas e de outros belos garotos. Todos se olham. As belas olham os belos. Os belos, as belas. As belas, as belas. Os belos, os belos. Exceto o casal na mesinha isolada. A garota e o garoto nem mesmo se olham.

A turista de biquíni vermelho, liso, retorna do banheiro. Ao vê-la vindo, os dois homens de meia-idade meio ocultos atrás da pilastra arregalam os olhos por trás dos óculos, tocam suas tulipas de chope e fazem dois minutos de silêncio. A turista de biquíni vermelho, liso, não teria por que reparar na dupla porque também não repara na atenção que desperta no resto da freguesia e, de volta à sua cadeira, deixa-se cair como um saco de batatas descascadas. O namorado barbudo sorri largamente, apesar dos dentes irregulares. Os dois trocam palavras em um idioma impenetrável, que faz pensar em uma equação matemática. É o barbudo louro de nariz arrebitado que agora se levanta e segue na direção do banheiro. Para zero surpresa da plateia, ele é mais baixo que a namorada, atarracado até. Sozinha à mesa, a turista de biquíni vermelho, liso, dá mais um gole no chope e contempla as demais mesas na varandinha pintada de verde. Quando seu olhar cruza com outro olhar, transmite indiferença, quase hostilidade. Não parece interessada em reter o momento das férias para contá-lo na sauna da família, todos nus, enquanto neva lá fora.

O casal atento aos celulares segue sem interagir. A garota e o garoto poderiam estar fodendo, aliás, jovens e saudáveis, deveriam estar fodendo, mas seguem ali, sem nem se falar. A ausência de interação nos permite especular sobre a natureza de sua relação. Talvez não possam foder. A garota e o garoto são suficientemente parecidos para serem irmãos. Estão ali esperando os pais terminarem de jantar com amigos num restaurante próximo e, juntos, voltarem para casa, em um condomínio de alto luxo, situado diante do mar, em bairro da Zona Oeste da cidade. Mais velha, mais louca, ela bebe. Mais novo, mais educado, ele responde ao garçom. Ou é o contrário. Mais nova, rebelde, ela bebe. Mais velho, responsável, ele responde ao garçom. Ou não é nada disso. Talvez eles nunca tenham se visto antes. Assombrados pela semelhança que faria outros estranhos tomá-los por irmãos, decidiram se recuperar do susto bebendo algo no bar mais próximo. Como não se conhecem e, portanto, não têm nenhuma intimidade, não se falam. Enviam desesperadas mensagens de texto, implorando que os pais, não os mesmos, outros pais, ou os amigos os resgatem de tamanho desconforto. Ou não é nada disso. Os dois são namorados. Conheceram-se no condomínio de alto luxo, situado diante do mar, em bairro da Zona Oeste da cidade. Estão sincronizando com amigos igualmente bronzeados a chegada à festa que virá a seguir. A recente expressão contrariada da garota indica que a melhor amiga, loura como ela, decidiu não ir à festa por motivo fútil. O garoto espera serenamente que os seus amigos se materializem e lhe acenem da calçada de pedras portuguesas. Enquanto isso, segue curtindo as fotos deles. Ou não é nada disso. A garota e o garoto são namorados, sim, mas estão tendo uma DR silenciosa. Ela o acusa de, pela manhã, ter olhado com cobiça para a terceira melhor amiga dela, a morena assanhada do Bloco B, metida num exíguo biquíni azul, liso, na praia em frente ao condomínio de alto luxo, em bairro da Zona Oeste da cidade. Ele se defende como pode, com os dedos. Estava apenas olhando além, analisando as ondas, calculando a hora em que valeria a pena entrar no mar e surfar. Ou não é nada disso. A garota e o garoto são mesmo apenas irmãos que foram obrigados a visitar tios idosos e, mortalmente entediados, estão tentando conseguir um carro de aplicativo para voltar ao condomínio de alto luxo, situado diante do mar, em bairro da Zona Oeste da cidade. Todos os motoristas cancelam a viagem. A garota se enerva. O garoto é paciente. Ou nada é nada disso. A garota e o garoto são de fato namorados, mas não esperam ninguém. Sua fantasia é trepar por mensagens de texto e nudes na frente de todo mundo. Um xadrez erótico. A recente expressão contrariada da garota corresponde a um lance em falso do garoto. Ainda não era o momento de mover o dedo para aquela casa. Ou não é nada disso. Talvez eles sejam irmãos e fodam ainda assim, livres de convenções sociais, fascinados pela beleza espelhada, enquanto os pais estão no trabalho. Estão calados pela exaustão de passarem a tarde explorando as cavidades e protuberâncias de seus corpos quentes de sol. Ou não é nada disso. Provavelmente não é nada disso.

Numa das mesas do salão interno, um quarteto de amigos de camisa social alterna o desânimo com as perspectivas do mercado financeiro, depois de uma sexta-feira tensa no escritório no quarteirão vizinho, e a excitação com os vinis que pretendem adquirir na feira de discos usados, na manhã seguinte. Bebem caipirinhas de frutas exóticas. Dividem sanduíches de filé com queijo, cortados à francesa. Estão absortos nas misérias e nas glórias de suas curtas existências, mas não tão absortos que deixem de notar a turista de três metros e biquíni vermelho, liso, que passa raspando sua mesa. Piscam os olhos e riem. Nada que os desvie da Petrobras PN ou do Caetano de 2000.

Enquanto isso, para nossa surpresa, a cena muda na mesa isolada encostada à pilastra solitária na divisa entre os dois ambientes do bar. A garota larga o celular sobre a toalha de papel molhada pelos copos quase intocados. Olha em volta com uma expressão que talvez pudéssemos definir como sendo ou de leve desespero ou de profundo desamparo. Encolhe os ombros. Parece sentir frio, ali, naquela noite abafada de primavera. O garoto a encara, mas não larga o celular, não toma nenhuma atitude, não tenta alcançar sua mão, não faz menção de lhe dar um beijo. A garota não o encara.

Todos os outros fregueses falam alto, cada vez mais alto, gesticulam, riem, num coro atonal. Então, há um breve instante de silêncio, silêncio quase absoluto. Uma única voz fica pendurada no ar, como se tivesse afinal chegado a deixa da solista. Cedo ou tarde, todas as noites, isso acontece. O coro se cala, e ouve-se claramente uma voz solista. Quis o destino que, na nossa noite, a voz solitária viesse da varandinha pintada de verde, da mesa de italianos, duas mulheres e um homem. Dele se ouve:

— *Pagina senza parole!*

Ninguém no bar entende o que a voz de tenor diz. Suas duas acompanhantes, as únicas que poderiam entender, estão prestando atenção nos garotos morenos de cortes arrepiados com gel e barbas bem aparadas. As palavras do solista logo são soterradas pelo coro atonal, ainda mais frenético que segundos antes. A turista de biquíni vermelho, liso, vai outra vez ao banheiro, em passadas já não tão firmes. Os dois amigos de meia-idade e óculos discutem acaloradamente sobre política e não a notam passar. Os quatro colegas do mercado financeiro pedem nova rodada de sanduíches de filé com queijo, cortados à francesa. Um garçom careca se materializa ao lado do casal que, até há pouco, não tirava os olhos dos celulares. Carrega a maquininha de pagamentos e acaba de devolver o cartão de débito da garota. Agradece, numa meia mesura, e se afasta rapidamente, para providenciar a limpeza da mesa. Trocar a fralda, no seu jargão. A garota e o garoto se levantam ao mesmo tempo, agarrados a seus celulares, como se uma única mola os tivesse ejetado da cadeira. Ela toma a dianteira. Em fila, esgueiram-se entre as mesas, sem olhar para os lados. Na portinhola da varandinha verde, esquivam-se de um novo casal, que já entra para reocupar a mesma mesa isolada. Na beira da calçada, além da multidão que envolve a varandinha verde, a garota e o garoto louros ficam brevemente lado a lado, antes que ela divise um intervalo no tráfego dos automóveis que aceleram rumo ao leste e consiga atravessar a rua. O garoto tenta acompanhar o passo da garota. Seus pés direitos tocam a calçada oposta quase ao mesmo tempo. Temos a impressão de que o garoto tenta pegar a mão da garota. Ou não é nada disso. Provavelmente não é nada disso.

Canção: "It's a long way"
Álbum: *Transa*
Ano: 1972

A long way from home

Carlos Eduardo Pereira

SE VOCÊ ME PERGUNTA COMO foi a viagem, posso até responder. Chego a ter vontade de rir, mas respondo.

Considere que estamos em pleno mar. O meio de transporte são as caixas de madeira com duzentas, trezentas, quinhentas pessoas confinadas nelas. São porões (ó, meu Deus, os porões) que balançam para a direita e para a esquerda e para frente e para trás. No breu desse sufoco, só se ouvem golfadas e gemidos e choros, de dia e de noite, e som de tempestade, e som de açoite, som de ferro contra ferro. Convivo com o desespero da sede e da fome, com o fedor da doença, com a febre da loucura, com o ar rarefeito, com a raiva, com a morte. Toda hora é um que eles jogam para a água.

Você vem com mais uma pergunta, querendo saber do depois, e eu digo que é bem parecido. Passaram a tranca numa outra caixa superpovoada, essa aqui que pode até não balançar por fora, mas por dentro sim. É mesmo tudo semelhante um bocado: o sufoco, o calor, a escuridão, golfadas, gemidos e choros, tempestade, açoite, ferros, desespero. Minhas mãos estão sangrando, e meus pés estão sangrando, ao fim de cada dia de trabalho. Sinto sede, sinto fome, sinto raiva, a loucura da doença, sinto a morte. Toda hora é um que eles jogam para o mato.

Sinto vontade de rir, como ri Satanaz, com as suas perguntas — nessa terra em que não falam minha língua —, é triste e quase inacreditável que não seja capaz de se pôr nessa situação sequer por um segundo.

Me espanta essa sua cegueira de não conseguir se colocar em meu lugar por um segundo sequer. Consigo até ver o tipo de associação que você vai fazer no futuro, meu senhor, no tocante a quem pode e quem não pode fazer isso ou aquilo. Serão alianças sagradas em nome da defesa contra os perigosos do dragão vermelho.

Neste primeiro momento, os estrangeiros servimos aos seus interesses, mas e no futuro?

Aqueles que aqui já estavam — muito antes de você — vão ter vez?

E nós que aqui chegamos arrastados — muito úteis para você — vamos ter vez?

Muitas vezes me senti sozinho, muitas vezes eu chorei. Muitas, muitas vezes me senti como criança sem mãe. Nessas horas eu não sou tão forte, meu senhor, você sabe. Nessas horas eu sinto que estou quase pronto para ir.

Mas hoje eu já acordei ouvindo essa velha canção, e isso me trouxe um pouquinho de volta. Pois é assim que fazemos, seja no delírio da lida, seja na dureza do tronco, nós cantamos. Digam se é verdade ou se não é, meus irmãos.

Nós cantamos as canções que nos lembram que o caminho é longo e sinuoso. Nos lembram dos perigos das águas profundas e escuras que nos arrodeiam. Mas Janaína agô agoiá que é possível caminhar sobre essas águas, crianças, é possível sim.

Quem me dera eu pudesse voar como um pássaro no céu. Quem dera houvesse um trem subterrâneo que levasse de volta para casa. O caminho é longo, meu Senhor, eu bem sei, mas me leve para casa.

Eu sangro de sodade do meu bem. O meu coração, deixei na minha terra. Nos separa um oceano inteiro só de lágrimas. A ventania selvagem da noite nunca, nunca cessa. Eu choro de sodade do meu bem, anseio por raiar o dia. Sodade das minhas palmeiras, que são bem mais belas que as daqui, das crianças lindas, das moças gentis, da brisa lá da minha terra, a brisa daqui não me refresca nunca.

> Canção: "Aboio"
> Álbum: *Tropicália 2*
> Ano: 1993

Berrante

Cida Pedrosa

AQUI NÃO TEM CLUBE DE tiro não. Tem tiro. 45. Não o Colt 45, o 38. A pistola Taurus modelo TS9 também tem. 45 alvos. Não de papel ou de metal. De carne e osso, estirados no chão, como cão. Cão de ponta de rua, rabo entre as pernas, olhos entregues à névoa em pleno dia. Gosto de ver a queda. Sempre gostei. Na televisão, no filme de ação, na escadaria sem corrimão. No cinema, o corpo caindo em câmera lenta, a depender do tiro e da distância. Pra mim, quanto mais de perto melhor. De perto se vê o medo nos olhos antes do zunir da bala. Tem todo tipo de olhar: espantado é o que mais gosto e medroso é o mais comum. Comum mesmo é ver o mijo descendo nas calças quando a conversa se prolonga. Mas gosto, gosto muito de ver a queda. De perto, bem de perto, íntimo. Dá mais prazer do que a paga de encomenda a distância. Esta pode ser de longe, planejada. O local. A moto. O capacete. O tiro. O celular. Gosto de fazer sozinho, sem testemunhas. Não existe parceiro. Aliado, só o meu berro. Tem uns que berram. Pedem pela mãe. Pelos filhos e até pela mulher. Pela mulher, acreditem! Não ouço. Não tenho ouvido pra coisa pouca. A única vez que pensei foi quando um pediu pelo cachorro e disse ser sozinho. Sozinho eu também sou. Não quero casar. Mulher, só no brega-funk, onde tudo brilha. Gosto de ver uma novinha descendo até o chão. Depois me esfrego na bunda dela. Duas durezas: meu pau e meu berro. Não sei de qual ela gosta mais. Mas sei que na cama ela pede pra enfiar o ferro na boceta e eu enfio. Enfio com gosto. Um depois o outro, e ela gosta. Gosta muito. Gosta e me pergunta quantos já caíram. Caíram 45, até ontem. Ontem é ontem. Hoje não conto mais. Perdeu a graça. Graça é o nome dela, a novinha que brilha. Brilha como pó. Pó é coisa de bacana. Bacana fissurado que vem na bocada. Bocada é lugar de boca. Boca linda é a de Graça. Pó não se dá, se vende. Vende caro pros boyzinhos. Boyzinho que se preza tem fornecedor na porta. Compra pelo zap. Entrega rápida e segura. Fissuradão vai lá na boca. E se perde e dá de cara comigo e com ele. Não tem graça derrubar noiado, só fiz isso no começo. Noiado é necessário pra boca e pra girar o Zé Delivery.

Zé era o nome de meu pai. Homem alto e de mãos enormes. Os olhos eram agateados, igual aos meus. Gostava de Luiz Gonzaga e de ouvir aboio no domingo. Um copo de cana na mão, um cigarro na outra e a linguiça de bode com farinha. Ali, só ele e o cair da tarde. Caiu do andaime numa segunda-feira. Sem feira em casa. A casa partiu como o cabo do andaime. Ficamos eu e mainha na porta do IML esperando o corpo. O corpo partido em pequenos pedaços. Queda de 45 metros do décimo quinto andar não fica nada. Nada! O caixão fechado, e mainha em pé, bem juntinho. A vizinhança ora triste, ora curiosa. Gente que eu não via há muito tempo, gente que nunca vi. Vovó veio do interior pro enterro. Não derramou uma lágrima. Disse que era o chamado de Deus! Ele tá melhor agora do que antes, repetiu o dia todo. Voltou ligeiro, como ligeiro veio, e levou com ela meus cinco irmãos. Ficamos eu e mainha no beco onde nasci. Daquele dia em diante, virei homem, aos 15 anos. Comecei logo a fumar e a beber sem dia marcado. Marcado só o brega da sexta e as entregas na Zona Sul. Um vaivém. Vem e vai. Entra em rua e sai em rua. Mainha também deu pra beber todo dia e se meteu com gente ruim. Um bateu feio e ela ficou com o nariz todo quebrado. Foi minha primeira empreitada. Bati, bati, bati. Depois meti chumbo no peito dele. A primeira vez. De perto e com ódio. Ódio não tem vez agora. Agora é a vez da encomenda. Não entrego mais bagulho há muito tempo. Entrego ao papa-defunto, ao IML, a Jesus. Jesus! Este é o meu nome. Coisa de meu pai. Pai que quer homenagear o pai. Eu não vou ser pai, não tenho tempo. Tempo é pra quem não tem pressa. Eu tenho. Tenho pressa! Amanhã será o 50 e lá vai o trem, como dizia mainha. A informação é pouca. Não sei nada sobre a vida dele. Quase sempre é assim. Prefiro. Já preparei o cavalo, limpei o capacete e acarinhei o pente da minha nova namorada. Até que enfim consegui. Já desejava há meses, meu Deus! Fiz um rolo com um policial que deu o ganho e não gostou. Não foi caro, quase um presente, ele me devia um favor. É linda! Glock calibre ponto 40 de fabricação australiana. Os policiais de Nova York e o exército americano também usam. Linda! Vai ser a estreia da novinha, amanhã de manhã. Agora só falta separar a playlist. Ouço sempre aboios na hora do serviço. Dá coragem e prumo pra não errar o tiro. Vai ser especial. Ontem encontrei um aboio que papai ouvia. Já preparei até o celular e o fone de ouvido. Vai ser bom, muito bom. É uma sexta-feira, dia de baile no morro, dia de luz e de me largar na noite. Gosto, gosto muito da noite, vejo o Recife de longe. É longe, bem longe essa cidade que de vez em quando fica aos meus pés.

Canção: "Terra"
Álbum: *Muito (Dentro da estrela azulada)*
Ano: 1978

A bilha e as fitas K7

Cidinha da Silva

A ANTOLOGIA DA ORIDES FONTELA e a fita K7 com a seleção de mulheres cantando reggae se perderam no túnel das coisas que não voltam, você justificou. À época, eu ainda não sabia que filhas de Xangô não mentem, porque o pai faz fogueira com os ossos dos mentirosos. Eu simplesmente acreditava em você.

Não cogitei que tivesse havido destruição ciumenta da minha assinatura na primeira página do livro, na escolha das músicas, nos versos grifados que eu queria ter escrito para você. Aquiesci à sua explicação e me acomodei com aquela perda como faria com outras.

Meu amor ardia na garoa quando você me explicou os detalhes de não poder me amar e levar aquela história adiante. Fingi entendimento, mas te pedi um beijo, só um. Você deu e não foi mais embora, naquela noite. E vivemos uma intensidade de eras que acalentou tantos encontros erráticos nos anos que se seguiram.

Contigo aprendi que um beijo molhado pode ser a coisa mais doce e mais profunda do mundo. Aprendi que a vida acontece em um segundo e que nasci no dia em que te conheci.

Você me oferendou o acontecimento mais grave dos meus vinte anos. Não éramos duas garotas do Barbalho, mas fazíamos barulho. Um Xangô e um Nzázi trovoando. Um do magma, outro do alto da montanha. Um vermelho, outro funfun. Uma ekedy, outra que roda; uma fogo--fogo, outra fogo-água. Você, um cavalo de fogo apaixonado por uma menina-terra, que, como Itamar, perdeu de vista no horizonte e foi procurar em Belo Horizonte, em São João da Boa Vista.

Meu amor se alojava em cima do meu Ori, no alto do coco, como uma moringa sustentada por uma rodilha de pano. O tempo partia, uma bilha equilibrada na cabeça e na voz de Marlui. Eu, de braços abertos, te esperava, ora me abraçava, protegia a emoção e desejava que a água fresca guardada no barro bem queimado esfriasse meu Ori, que tilintava de medo e ansiedade por um futuro incerto diante da sua vida tão organizada e feliz.

Foram muitas cartas trocadas e três fitas K7 nos dois anos seguintes ao grande encontro, ao segundo amor, o maior dos vinte anos, o mais longo da vida inteira. Até acontecer o roubo, a invasão, a quebra do pacto de intimidade, e silenciamos.

Fui te ver, porque não bastava te ler, precisava te ouvir dizer não. E você disse. E depois de cada saída nas noites da semana de férias que seriam de alegria, eu ouvia "Adiós Nonino" e morria no acalanto do bandoneón de Piazzolla. Soluçava e me rasgava como convém a escuta de um tango e desfalecia no buraco onde antes houvera um coração. Em uma daquelas noites, você brisou meu sonho e me deu a chave mestra, a frase-mantra. Amantes.

Segue o baile, eu diria, e te chamaria para me conduzir no samba puladinho de São Paulo, que só acho jeito de dançar com você, que me responderia piscando um olho: pretinha, desencana, a vida engana.

> Canção: "Trem das cores"
> Álbum: *Cores, nomes*
> Ano: 1982

Gare Cornavin — Trem Fantasma

Edimilson de Almeida Pereira

"Crianças cor de romã entram no vagão"
"Trem das cores", Caetano Veloso

"Se você não consegue perder, não é um jogo."
O ano passado em Marienbad, Alain Resnais

O DESPERTADOR ME EMPURRA PARA fora da cama. A semana de trabalho foi pesada, nem a noite agradável com Bárbara diminuiu em mim o tédio e o cansaço. No banheiro sinto o cheiro dos aspargos que comemos ontem em sua homenagem. Não é para desgastá-lo, mas tudo tem cheirado a promessa por aqui. Parece que nunca atravessamos a rua, e se fazemos isso, alguma vez, é para esperar que outro sinal seja aberto. Bárbara tinha os olhos com o sal da ilha, que você conhece. Estava triste. Essa parte da vida dela, hoje, espantaria você. Comemos em silêncio, ainda não era à sua espera, porque temíamos essa palavra. Talvez por isso tenhamos passado boa parte da noite falando sobre os livros de religiões antigas que ela havia comprado. Estamos céticas, você nos disse que essa é a melhor defesa na vida. Estamos nos defendendo, os hematomas no corpo serão rosas, algum dia.

O despertador funciona bem, apesar de ter caído várias vezes. Fico alucinada quando tento interromper a campainha, tateando a mesa, a toalha e, por último, o pino que desliga a sirene. No banheiro, a urina espessa me faz pensar em coisas difíceis. Não quero ver isso como um sinal vermelho que pode impedir o seu desembarque. Durante a semana os jornais falaram no trem dos refugiados sem explicar que, antes dele, você e outras pessoas passaram por sucessivas barreiras, sendo revirados pelo avesso diante de rostos indiferentes. Me dou conta, pelas notícias, dos meninos mortos na Gamboa de Baixo e das crianças que bebem lágrimas numa fronteira do norte. Estavam em fuga, sem exceção, com o mar ou o vento gelado às costas. À sua frente, sempre uma voz grave e uma arma. Se pudesse, alugaria um vagão com janelas panorâmicas para que embarcassem todos. Inclusive você, sem que tivessem de deixar seus sapatos pelo caminho.

Mas não posso.

E temo que ninguém consiga furar o bloqueio para chegar às zonas de embarque. Tenho vivido pesadelos com os trens. Você vai me detestar se eu lhe disser que joguei no lixo sua máquina fotográfica. Você a deixou comigo depois de fazer fotos minhas embarcando. Devem ser fotos interessantes, mas só penso nelas como uma nebulosa. Temo ser engolida se as revelar e descobrir que o tiroteio ainda é a música por detrás delas. Foi tudo rápido, pode ser que eu não esteja nas imagens, pode ser que você tenha capturado apenas os gritos e a aceleração da máquina. Num minuto, vi seu braço estendido e o meu, agarrando a câmera porque não podia puxar você para dentro do vagão.

Li com desconfiança sua última mensagem: "Vou desembarcar às seis da manhã. Plataforma 7 — previsão". É provável que eu tenha me fixado no final da mensagem, certa de que escondia alguma coisa ao dizer outra. Aprendi com você que as palavras nos tiram de qualquer lugar. É dessa forma que sonho os seus sonhos e conversamos sem reservas: nós envelhecemos, apesar de tanta violência, Pedro. Isso deve ser um sinal de amor.

*

Você acorda no meio da noite, outra vez o mesmo sonho. O coração aos pulos e as mãos suadas. E essa pressão no peito? Você sabe que não devia ter me deixado viajar sozinha. As fronteiras são um risco maior para mulheres desacompanhadas. Quantas coisas você não deveria ter deixado para trás.

Quando você emigrar, certamente um guia de refugiados gritará para todos ouvirem. "O que vocês tinham acabou." A chegada ao bairro latino será um alívio. Você ganhará um par de sapatos novos e uma cama. O guia não mentira: o mundo que você tinha morreu. Exceto nosso compromisso. Você vai procurar por mim nessa outra cidade. Nos primeiros tempos, por aqui, você irá ao pé do Mont Blanc, prometendo não pensar que em nossa terra havia algo parecido. A vida não se desenrola toda em um único lugar.

Então acredito no seu bilhete e sei que deve estar a caminho.

*

Acordei com esperança e receio, mas não é isso que acelera os acontecimentos? Quando já não temos forças, e não temos saída, o coração mete o pé na porta e entramos. Ou saímos do inferno.

Meu corpo está dolorido por ter me deitado tarde e ter perdido o sono depois virar para um lado e outro na cama. Não deveria ter visitado Bárbara na véspera da sua chegada. Mas você ainda não chegou e para falar de situações embaraçosas ninguém melhor do que ela por ser a mais velha entre nós e por jogar cartas com a convicção de quem tem um radar nos olhos. Bárbara sobe os três lances de escada do prédio onde mora sem descansar as mãos nas cadeiras. Isso não a devolve aos seus vinte anos e, de quebra, não lhe dá o direito de falar sobre nossas vidas. No entanto, a procuramos, antecipando com nossos gestos e palavras os segredos que apenas ela pode revelar.

Fui visitá-la para ouvir sua boca cantando no meu ouvido "Os trens de hoje são caros e administrados com regras. Se o usuário não atrasar, eles por si não atrasam". Nessa hora, Bárbara puxaria o cobertor para os joelhos e, em seguida, tragaria uma dose de licor amargo. Para minha surpresa, dessa vez ela foi taxativa: "Come os aspargos com gosto, estão custando caro". E assim varamos a noite, entre uma risada por nada e um gole de rum bem recomendado para se tirar certos ossos e comoções do baú. Quando Bárbara adormeceu na poltrona, apaguei a luz e saí sem trancar a porta.

*

Não sei por que fico me lembrando da noite anterior. O foco agora é ignorar a temperatura gelada e sair de casa. Mesmo com o aluguel em dia, reduziram a calefação. Não adianta reclamar com o responsável pelo prédio, ele também é vítima do jogo de interesses em torno dos recém-chegados. Vindo de uma zona de conflito, só o aceitaram depois de ele oferecer garantias: seu dinheiro não, sua conivência, com certeza. Dá sempre vontade de ir embora quando essas coisas fustigam a gente: ontem faltava o carimbo em um documento, hoje o seu chefe não quer atestar que você trabalha para ele. A cada dia, um problema novo e a mesma vontade de ir embora. Mas meu foco é sair da cama, tomar café e descer os andares às pressas, como se tivesse vinte anos.

Tenho que caminhar dois quarteirões para chegar à estação. A verdade, no entanto, é que não quero sair de casa. Fiz isso — há quantos anos? — sob uma chuva de impropérios. Quando deixei meu país, não esperava ser perseguida como as ervas que envenenam os chás da mãe-curadora. Alguns homens me disseram para sair da floresta sem olhar para trás. Essa é a última imagem que tenho de minha mãe e da casa onde morávamos. Sem ter noção do tempo, me vi com outras mulheres coladas ao meu corpo no fundo de um vagão falando sobre coisas desconexas: o fumo por trás das árvores, um grito ao longe e a pressa de fugir para qualquer outro lugar. Depois, esquecidas num trem, com as cortinas abaixadas nos afogávamos na escuridão sem ideia de quando terminaria aquela noite extrema.

Sem a paisagem com plantas, gentes e animais nos deixamos ser o que a memória dos outros captura.

Desespero. Ânsia. Entrega. Uma terrível liberdade, eis o que somos e que de nada serve se plantada à beira do abismo.

Isso é pouco.

Mas em um vagão sem rumo, é tudo para quem perdeu a consciência do próprio corpo.

Você entenderá minhas razões para não ir à estação prevista para o seu desembarque. Às vezes é difícil encaixar o que está dentro de nós às peças que estão ao redor. Hoje, o que mais quero é não acordar. Depois de anos refazendo a vida, não me interessam as provocações das notícias. Guerras há em todos os lugares, haveres, cadáveres estão em nossa casa. Por que dar atenção a mais uma leva de refugiados? Por que não dar a mão a todo mundo? Tenho o direito de estar confusa e sonhar, desamparada, que morri para não devorar meus filhos.

*

Escrever com honestidade nem sempre é escrever o que se está sentindo. Talvez você tenha mentido. Pensando no meu sofrimento, escreveu às pressas um bilhete e voltou para o trabalho na oficina. E continuou a conversar com um dos seus amigos. Ele precisa que você amole um cortador de unhas. Faz vinte anos e o cortador não se gasta. Então é um jogo, vocês jogam com a mentira descaradamente.

Como um calendário rasgado, você se debruça sobre o esmeril, o amigo abre o jornal. Cada um finge fazer o que não faz. Vinte anos, uma boa amizade miserável.

De repente você interrompe o serviço e atira o cortador de unhas contra a parede. O amigo não pergunta nada, mas você responde:

— É sim, pensei nela outra vez.
— E estava bonita?
— Estava.
— A mãe trouxe o mesmo café?
— Sim.
— Você precisa fazer amor, Pedro. E tem que ser com ela.
— Eu sei. Vou morrer, se já não aconteceu algo pior.
— Como assim?
— Antes de ela sair do país, podíamos ter ficado juntos.
— E não ficaram?
— Algumas vezes. Eu voltava da oficina e ela me esperava no vão do prédio. Eu nunca pude deitá-la no meu colo. Uma vez me deitei no colo dela. Por um minuto. As sirenes então tocaram e alguém explodiu em algum lugar.
— Sinto muito.
— Sei.

Você se envergonha por ter atirado o cortador de unhas. Procura pelo objeto antes que o amigo tire o dedo indicador colado num anúncio. Ele sempre faz isso, no mesmo lugar da página. Ele molha o indicador com a saliva e cola o dedo no mesmo lugar. Por um momento você pensou que estavam conversando.

Você nunca foi à estação.

Você não embarcou, confesse.

Queria apenas que eu estivesse aqui — depois de muita relutância — sentada num café. Enquanto espero, a mulher que fala nervosamente ao telefone tem uma boca que eu beijaria, um homem concentrado em fumar não escuta o que diz o velho à sua frente.

As ameaças cessaram.

O que leio nos jornais daqui não condiz com a realidade daí.

O tiro não foi no seu braço.

Posso me levantar, pagar a conta e voltar para casa. Subir as escadas sem descansar as mãos nas cadeiras, enfiar-me sob os cobertores e rezar na língua de Bárbara, para envelhecer com os pelos na boca secreta.

*

Na verdade, acordei antes que o despertador tocasse. O cheiro dos aspargos na urina prenunciava um mundo turbulento lá fora. Com arcos nas pontes para os namorados e bombas sobre as escolas. E também frutas recém-chegadas, que mãos sem nome colheram e transportaram. E aglomerações nos portões das garagens porque um trabalhador foi prensado por um ônibus contra a parede. O mundo justo, apertado como uma coleira. Enquanto espero no café, a neblina se espalha pelas plataformas. O trem de prata emerge do ar gelado e estaca, pouco a pouco. Não se vê na sua carcaça as avarias dos lugares por onde passou. Agora é uma grande serpente prestes a liberar o que havia devorado. Pago o café e saio a tempo de ver sobre a mesa da mulher que fala ao telefone um folheto com imagens do éden: leões, zebras, pessoas felizes à beira de um rio azul. Apresso o passo, ela continua a falar, dessa vez resignada. Convencida, talvez, de que o paraíso está sobre a mesa, à nossa disposição. O trem parou definitivamente. Penso em você daqui a algum tempo, instalado e ranzinza no bairro latino. Alguém entrou na sua loja, mas deve esperar. Você está distante, tem alguns anos a menos e segue pela rua dos mercados. Um sortimento de verduras, um naco de bacon ardendo na chapa — não se precisa de mais nada: a rua entra pelos olhos sonora e quente. Você está no seu bairro. Conhece as sirenes que estremecem os legumes nos caixotes. Você sobe as escadas de um prédio em ruínas e antes de recuperar o fôlego toca a campainha. Uma senhora envolta num xale o recebe. Seu coração está enlutado, Pedro, e se resigna a pedir um pouco de ternura. Logo, você, a senhora e a filha dela estão na cozinha. Ao olhar para a mulher mais velha, você admite que a outra por quem você daria a vida envelheceu. Ela se esconde atrás dos cabelos, em breve as rugas tomarão sua pele por inteiro. Você quer adiar os sulcos no rosto amado. Um amor violento ameaça irromper. Pouco importa, depois de tantos anos, se essa mulher sou eu. Ficarmos presos um no outro foi a maneira que encontramos para não nos perdermos de nossa terra. "O senhor ainda amola facas?" — pergunta a senhora. Você olha para o chá de hibisco, sente o cheiro avermelhado e responde de modo diferente à pergunta que ela lhe fez: "Meu pai tem quase noventa anos e ainda dança." Os três sorriem. Esse é o seu jeito de me dizer que também envelheceu.

O trem abre as portas, rostos ansiosos se antecipam ao meu. Mãos se estendem, se entrelaçam, um rosário de línguas atravessa minha cabeça. Não vou estirar as mãos, nem gritar, embora Bárbara discordasse de mim. Estou com medo, mas estou aqui. Você está?

Canção: "Tigresa"
Álbum: *Bicho*
Ano: 1977

Casa das Palmas

Giovana Madalosso

Eu não saberia por onde ela andava se não tivesse ouvido, numa mesa de bar, alguém falar dela. Sua nome era inconfundível. Em quarenta anos nunca conheci outra que se chamasse da mesma maneira. As cinco letras me fizeram descer o copo antes de chegar à boca. Quem a mencionava era uma figurante que tinha dividido com ela algumas cenas numa novela de segunda categoria. Contava que, mesmo quando as falas eram curtas, ela não conseguia decorar. Pensaram até em matar a personagem, mas precisavam dela para sustentar a trama final. Disse com um desprezo que me incomodou e, talvez por isso, nem cogitei pedir o contato — nem acho que a figurante teria.

Decorei a nome da drama: Coração Ardente. No dia seguinte liguei para uma amiga que trabalhava na canal. Não demorou para que eu conseguisse a e-mail e a telefone. Olhando para as letras e números anotadas em caneta azul, perguntei-me o que faria com aquilo. Só passamos uma noite e uma dia juntas, se ela não lembrava nem das falas, como lembraria de mim? Ainda assim e por um motivo que eu sequer entendia, queria vê-la. Mandei uma mensagem. O número já não era mais dela. Mandei uma e-mail, nunca tive reposta.

Tentei esquecer o assunto mas passei a sonhar com suas íris cor de mel. Em um dos sonhos, seus dentes cravavam minha pele como uma maçã. Não soube se o vermelho dos lábios era batom ou sangue e acordei assustada. Nesse dia pensei que precisaria achá-la. Ou não achá-la de vez, o que não deixa de ser uma forma de encontro. Acionei minha amiga novamente. Para justificar a insistência, tive que explicar por que a procurava. Ao ouvir, ela riu de um jeito estranho, depois disse que eu andava muito sozinha, que procurasse uma namorada ou uma terapeuta. Uma dia depois, me mandou o endereço.

Bati na porta da casa geminada. Uma cachorra latiu. Logo depois uma adolescente abriu a porta. Perguntei por ela, dizendo ser uma velha amiga. A adolescente disse que a vó não morava mais ali. Estava dando muito trabalho e foi viver em outra lugar. Cala a boca, uma voz gritou lá de dentro. Não sei como, eu ainda tive o ímpeto de perguntar: tem o endereço? A adolescente entrou, falou com a mesma pessoa que havia gritado, depois trouxe um pedaço de papel. Não quis olhar na hora, meti no bolso e saí andando.

Achei curioso a local ter um nome: Casa das Palmas. Abaixo dessa informação, a rua, o número e o bairro. Bem longe. Em um primeiro momento, pensei que ela deveria estar morando em alguma comunidade nas bordas da cidade. Depois, pensando no que ouvi e, acima de tudo, na tom do que ouvi, concluí que a local só podia ser uma casa de repouso — quem sabe uma casa de repouso para artistas? — e admirei a perspicácia da nomenclatura, uma salva de palmas para quem dedicou a vida aos palcos. Andei dias com essa ideia na cabeça, imaginando-a junto a outras senhoras de cabelos e passados coloridos, enquanto seguia minha vida, participando das gravações de uma álbum.

Não acordei pensando em ir até lá. Era meu aniversário e me dirigi até o estúdio considerando contar sobre a data para as minhas colegas, talvez tomar uma cerveja depois da gravação, mas chegando e olhando para elas e imaginando a festa que fariam, eu me toquei que não conseguiria esconder o fato de que não tinha nada a celebrar. Naquele momento, parecia tão absurdo sorrir e sorrir muito que fiquei quieta, afinando meu violão e torcendo para que ninguém descobrisse aquela imensa acidente que era estar viva ano após ano.

Deu certo. Fiz um arranjo para uma música, respondi mensagens que me desejavam amor, saúde e até mesmo bucetas. Quando tudo acabou, saí sem destino com o meu violão nas costas, sentindo a papel no meu bolso. Era meio da tarde e, se fosse para ir, que fosse logo. Peguei uma táxi. Nunca tinha ido para aquelas bandas e me surpreendi ao ver que a cidade não acabava, que o concreto chegava até no morro mais distante. Já esperando a casa de repouso das artistas, assisti a motorista virar em uma rua com árvores esquálidas e calçadas feridas.

É aqui, a motorista disse, e me senti uma idiota ao ver a placa da Casa das Palmas, as letras cercadas pelo desenho de flores de palma, ou, como a minha mãe gostava de dizer "palmas de Santa Rita", ainda que não houvesse uma única flor no jardim. Tudo isso observei da calçada, os dedos esfarelando a papel no bolso, as duas vozes se engalfinhando dentro de mim: entra logo, ainda é tempo de ir embora.

Pisei na recepção vazia. O balcão tinha apenas uma sineta e várias revistas sobre geriatria. No canto, havia uma sofá gasta. Não sei por que, não quis tocar a sineta. Sentei ali com o peso dos meus estreantes sessenta anos, pensando como a vida era irônica: fugi tanto do meu aniversário e lá estava eu, encurralada por uma revista a me lembrar que já tinha idade para ser sua assinante. Eram os pensamentos de quem não estava ali por obrigação, como a mulher jovem que entrou logo depois, pacote de padaria na mão, batendo a sineta com ânsia. Alguém apareceu. Uniforme puída, voz cheia de delicadeza. A jovem perguntou pela mãe e entrou por uma porta. Depois o funcionário dirigiu-se a mim. Levantei-me, colocando nas costas a *case* do violão, para a qual ele olhou intrigado. Fui logo explicando que estava ali para ver uma velha amiga. Ele perguntou quem era. Em seguida sumiu pela porta e, logo depois, voltou e me disse para segui-lo.

A casa tinha uma jardim interna melhor do que a esperada. A grama aparada, uma fonte com uma anja nua vertendo uma ânfora seca. Em torno disso, alguns bancos onde meia dúzia de idosas conversava ou olhava para a nada. Nós duas passamos reto por elas até o fundo da jardim, onde a sol iluminava como um canhão de luz uma mulher sentada de costas numa cadeira. Eu já imaginava que era ela. Ainda assim me surpreendi. Tinha o rosto de uma velha: a pele de ouro marrom toda marcada; a mel da íris derretida baça, tão diferente da figura conservada na éter da memória.

Obviamente, ela não me reconheceu. Tentei ajudá-la. Repeti a minha nome mas não surtiu efeito. Fui em busca de imagens. A garota de dezoito anos que você conheceu na pista do *Dancing Days*. A garota que tinha acabado de chegar na cidade e tocava na noite. Você me levando bêbada para seu apartamento. Ela sorriu. Não sei se por lembrar de alguma coisa ou por gostar da cena que suscitei. Esperei um pouco para ver se dizia algo mas seguiu em silêncio. Resolvi testá-la, jogando uma isca fresca naquela açude. Peguei o endereço daqui com sua neta. Minha neta..., ela disse, com ânimo repentino, e depois balbuciou sílabas soltas e desconexas, em uma busca clara pela nome que não apareceu e eu, infelizmente, não sabia. Disse a ela que tinha visto a garota, que estava bem. Franziu a testa, acho que ainda procurava mentalmente alguma coisa. Não deve ter encontrado porque logo ensimesmou-se e esfregou os braços. Perguntei se queria entrar. Disse que sim, seu quarto era logo ali. Podíamos tomar um suco e assistir à tevê.

Não havia tevê lá dentro. Parecia um quarto de hospital, com uma cama reclinável e uma poltrona. Alguns objetos pessoais numa estante. Na parede, a mulher que conheci, estrela black power na pôster do *Hair*. Eu me perdi por um tempo na cartaz do musical, lembrando que mentia para as pessoas que namorei uma mulher que trabalhou no *Hair*. Ela parou ao meu lado, também ficou olhando para a pôster. Depois apontou para a frente: essa mulher era eu. Essa mulher é você, falei, e ela olhou com carinho para mim. Depois mergulhamos de novo no silêncio das suas lacunas.

Achei que deveria ir embora, mas quando peguei *case* para colocar nas costas, tive uma ideia. Abri a zíper, mostrei o violão. Posso? Ela balançou afirmativamente a cabeça. Sentei na poltrona. Ela na beira da cama. Comecei a tocar uma música que, eu sabia, ela gostava. Ao levantar os olhos, percebi que a mulher que conheci assomava por trás daquele rosto vazio, balançando a cabeça e, para a minha surpresa, cantando. A voz vacilante avançando verso a verso. Comecei a chorar, acho que ela chorou também.

Quando acabei, não disse nada. Guardei o violão, dei um beijo em sua sua testa e fui embora, as lágrimas secando ao vento ateu.

> Canção: "Quando o galo cantou"
> Álbum: *Abraçaço*
> Ano: 2012

Ninguém pode ser tão feliz

Jeferson Tenório

Quando você disse: Letícia, vamos? E eu te olhei e disse: vamos. E nós fomos. Mas veja bem, eu só fui porque era a gente que ia, entende? Eu fui porque era você. Eu mergulhei porque éramos nós. Eu entrei porque era com você. Eu sei que você sabe. O mundo não tem nada a ver com isso. Acho que o que a gente sentia era tão delicado que agredia a vida. Eu me lembrei disso porque te disse numa daquelas noites que faço poesia para agredir a vida. Eu não sou violenta, nem minha poesia é. Talvez seja. Mas eu escrevo para discordar das coisas. Eu aceitei ir com você porque desisti de negociar com meu desejo. Não fui adulta suficiente como minha terapeuta queria. Com você, não fui adulta nem imatura. Com você, eu fui eu. Você disse:

Letícia, me aceita. E eu não podia te aceitar. E você sabia que precisava me distrair das minhas esquivas, das minhas recusas, porque eu não podia ir com você só por mim. Eu tinha de deixar todos aqueles "nós", aqueles "eus", aqueles "eles" para poder te aceitar. Então quando você enganou minhas certezas de um jeito terno e malandro e disse: vamos, Letícia. E eu fui. Mas fui num longe dele, sabe? Fui apartada do nós que eu carregava. Eu era apenas eu. E você me percebeu e disse: Letícia, vamos. E eu fomos. E eu fomos. E eu fomos. Porque eu precisava inventar uma outra Letícia que fosse depois daquela que eu ainda era. Eu tinha um lado de fora, mas eu queria mesmo era o lado de dentro. Eu queria instituir esse lugar. Ser um eu nosso. Mais meu do que nosso. Depois de tudo, depois quando acordei ao teu lado, T. Quando passei a mão entre os teus pelos e o teu semblante. E pensei que havia deixado o lado de fora sair de mim. E eu queria, T, tudo ou quase nada que o tempo podia me dar. Inventei que não nos desgrudaríamos mais. Eu achava que não merecia toda essa paz que o sexo traz. Eu queria parar o tempo que corria nas minhas mãos entre tuas pernas. Quando disse: vamos T. E você veio. Mesmo pisando no meu pé e reclamando com alegria que não sabia de pagode romântico. Mesmo assim, você disse: vamos. E você fomos. E o tempo seguiu, mas ele parou ali ainda que seguisse. Então quando me vi, eu era as minhas unhas na tua nuca. E a tua boca delicada e agressiva nos meus bicos. E você, T, entrava em mim pela boca, pelo gosto, pelos vãos, pelos meus pelos. E eu maluca de tanta alegria, de tanto tanto, de tanto sem merecer esse tanto, eu disse: T, eu conheço a vida nos teus lábios e nos teus dentes e nas tuas covinhas de sorriso. Somos eternos, eu disse com amor e clichê. E você consternado respondeu: Letícia, não se pode... ninguém pode ser tão feliz. E você não chorou porque teu pranto era por dentro. E eu te enxuguei com meu sexo na tua postura. No teu rosto. Nos teus olhos. No teu peito. Fomos tanto nós. E você disse eu vou, Letícia. E você veio teso e gentil, me preenchendo. E eu te envolvia e os meus órgãos assumiam uma eternidade que eu desconhecia. Mas eu sei que o tempo não nos supôs. Era tanta alegria, que o mundo se ofendeu. Depois que teu gozo me abrigava espalhado pelo corpo, éramos sujos de desejo. Grudados pelo cheiro e o prazer. Repousei no que construímos nos instantes que fomos. E quando acordei, ainda estava agarrada ao teu pé e à tua mão. O teu corpo era eu. Quedamos porque o galo cantou. Emaranhados nos tecidos de amanhecer, e veio o sol triste e iluminado de uma realidade que eu não estava preparada, a me lembrar que vida não era aquela. Que eu teria de voltar aos meus nós. Voltar para casa e dizer a ele que eu conheci a alegria novamente. Eu era feliz em mim. Não podia voltar para ele, vim porque já parti antes mesmo. Voltarei a ele para dizer que ainda amo o que a gente tinha. Mas não tenho mais em mim o que era nosso. No banho, enquanto me tocava, enquanto nosso gozo escorria pelo ralo, misturado à espuma do sabonete, eu pensava que voltaria para os nós novamente. Saio e você, T, nu para mim. Deitava minhas certezas. Era preciso dizer a ele, eu sabia. Era preciso. Letícia, você volta? E eu te respondi: Eu voltarei, sempre hoje. E nos abraçamos, e você tirou minha toalha e o cheiro do que fizemos despertou novamente meu desejo. Eu te pedi: me beija, e você me beijou. Eu te pedi: me puxa, e você me puxou. Eu te pedi me come. Arranca de mim essa vontade triste de voltar aos nós. Me faz regressar sempre aqui. Institui nosso lugar. Letícia, você vai voltar. Já não era uma pergunta. Era uma ordem, e eu era eterna quando pensava na possiblidade de te obedecer no sexo. E o teu toque grosso e os meus olhos atravessando a tua delicadeza. Eu me navegava enquanto um vento batia dentro de mim. E as tuas mãos nas minhas costas e quadris. Eu era um ponto brilhante no meio do Atlântico. Eu era visível. Ele perceberia, T? Me diz? É possível que perceba as marcas do lado de dentro? Não se pode ser tão feliz, T. Eu sei, você já me disse, mas posso, agora, neste instante de nunca parar.

> Canção: "Nosso estranho amor"
> Álbum: *Totalmente demais*
> Ano: 1986

Onde você vai achar outro amor como o meu

Juliana Leite

MEU SÁBADO PREFERIDO É AQUELE em que a manhã se estende desapressada para além do meio-dia. Encho a xícara de café várias vezes até terminar a garrafa térmica, tiro cinco ou seis livros da estante, de poesia, sobretudo, e folheio indisciplinadamente as páginas, anotando uma ou outra coisa para o futuro. Demoro a ir para o banho, demoro a almoçar, adio decisões. No último sábado precisei fazer diferente, porque tinha combinado com meu melhor amigo de ir vê-lo na casa da serra. Ele telefonou na quinta de manhã e foi um sentimento novo para mim ouvir aquela voz depois de tanto tempo, e assim, de repente. Ainda é a mesma voz, porém um pouco mais lenta do que há vinte anos. A ligação não durou mais do que três minutos e nenhum de nós disse muita coisa. Eu soube de imediato que era ele do outro lado da linha por conta da demora em dizer alô.

Eu tinha acordado no horário de sempre. Passei café e tomei duas canecas (tenho gostado de usar aquela comemorativa dos 150 anos da biblioteca pública), depois fui direto para o chuveiro. O telefone tocou quando eu estava cheio de espuma, mas não tive dúvidas de que precisava sair para atender. Era como se algo em mim estivesse à espera daquela chamada desde sempre, como se nós dois estivéssemos inteiramente prontos para voltar ao exato instante onde tudo parou vinte anos atrás. Primeiro ficamos em silêncio, cada um tateando à sua maneira o que dizer. Na noite em que nos desentendemos, no passado, os argumentos usados de parte a parte eram vívidos, fortes, honrados. Talvez fosse preciso retomar a amizade a partir dali, dessa honra que então serviu de trevo, mas a verdade é que ela já não estava mais à mão, emagrecida, curvada, apoiada em hastes. Tínhamos uma honra que não nos servia mais.

Trocamos algumas palavras não muito claras. Ao final o meu amigo mencionou algo como "mal posso esperar para ver você", ou ao menos foi dessa maneira que soou para mim a frase. Alguém poderia dizer, ao ouvir isso, que havia então uma ansiedade por parte dele, uma agonia. Mas meu amigo não é assim, ele não é ansioso ou implosivo, não tem pressa de nada, pelo que me lembro, a não ser quando está de partida. O que acontece é que, ao telefone, ele não tinha como saber em que pé estava a nossa amizade, o nosso longo amor, e por isso ele disse "mal posso esperar para te ver" como um substituto provisório e cauteloso para "eu ainda te amo, meu amigo".

Voltei para o banheiro para tirar a espuma e terminar o banho. Em outros dias eu teria afastado rapidamente as memórias que costumam surgir debaixo d'água, mas naquele instante deixei acontecer. Me lembrei de todas as vezes em que vi meu amigo se ensaboando no tempo em que ainda morávamos juntos. Ele se banhava e enquanto isso eu ficava fumando, sentado na privada. Conversávamos longamente sobre o dia, sobre acordes difíceis de violão, e de rabo de olho eu checava as partes daquele corpo amigo cada vez mais penduradas, como grandes frutas, e acabava me excitando pela vida. Não que eu visse ali o sexo do meu amigo, não era isso; é que ali estava uma árvore que eu amava muito, uma árvore ao banho cuja fruta pendia cada vez mais madura e pronta. Deus funcionava de maneira particular no corpo do meu amigo, e meus intestinos se moviam em resposta.

Eu não dirijo há muitos anos e é claro que meu amigo sabia disso ao me telefonar. Algumas coisas não mudaram nesse tempo em que ficamos distantes e o medo que tenho de dirigir é uma delas. Ele não teria me pedido para ir até lá se não fosse importante. No passado, antes de rompermos, era sempre ele quem vinha até mim. Dirigia por toda parte com desenvoltura, em geral com as janelas do Fusca abertas e sem cinto de segurança. Eu poderia ter chamado um táxi, é claro, e pedido que me levasse à casa da serra. Mas depois pensei melhor e preferi ficar livre para chegar e partir quando quisesse. Talvez não passasse a noite por lá, tudo ia depender da cama que meu amigo tivesse para mim. Desconfiei que só me restaria aquele sofá de sarja azul claro, o mesmo de sempre, e minha coluna não suportaria a dureza.

No sábado cedo arrumei uma muda de roupas na mochila, cueca, camisa, apanhei a carteira de motorista no armário. Estava no bolso do terno cinza, tive que revirar tudo até encontrá-la. Ainda estava válida, por milagre. Tinha me certificado de que a loja de aluguel de carros estaria aberta até o meio-dia, por isso havia tempo de sobra para passar na padaria e comprar dois sonhos com creme e uma barra de chocolate amargo, duas coisas das quais meu amigo ainda gosta, eu acho.

Não eram nem sete horas da manhã quando saí do prédio com a mochila nas costas. As portas da padaria ainda estavam fechadas e já havia outras pessoas à espera, em fila. Minha carteira de motorista estava no bolso da calça, de vez em quando eu a apalpava pelo lado de fora para me certificar de que ainda estava ali. Minhas mãos suavam um pouco. Eu tentava assoviar, descruzar os braços como fazem as pessoas despreocupadas, mas não conseguia tirar da cabeça o carro que teria que dirigir dali a alguns instantes, a distância que teria que percorrer para reencontrar o meu amigo depois de tanto tempo. Talvez o caminho nem fosse o mesmo, como saber?

Esse meu melhor amigo, ele nunca teve boa memória. Sempre que estávamos juntos cabia a mim relembrá-lo dos episódios que vivemos no passado, porque ele se esquecia de quase tudo, mas não era por mal. Não guardava lembranças dos acontecimentos e mesmo assim se emocionava ao saber que tínhamos compartilhado tantas coisas, décadas, uma vida. Havia nele um lado que deslizava por cima dos dias e por isso estar ao seu lado e ver suas mãos lavando laranjas ou vestindo o lençol na cama era como ver a lona de um balão pouco a pouco se enchendo de ar quente, se preparando para partir em outra direção. Quem visse de fora a prática do nosso sentimento poderia achar que por conta disso, da força das minhas recordações e do apagamento das dele, era eu quem tinha a maior fatia do amor. Mas isso não é verdade. O amor também existia no meu amigo, embora de maneira mais frouxa.

Achei que estivesse apenas pensando sobre essas coisas na porta da padaria, mas, de repente, uma senhora que estava adiante pôs a mão no meu braço e disse, "Sei do que você está falando, sei muito bem. O amor pertence a duas pessoas, mas apenas uma delas sabe como colocá-lo em prática". Disse isso junto a um gesto de braço, como se o amor fosse uma musculação. Era uma mulher farta, com um arco de pérolas, bengala com castão de madeira. Vestia um colete de lã por cima da blusa de manga curta, deixando à mostra algumas veias estouradas nos braços. Só depois reparei que faltavam algumas pérolas no arco, formando dentes abertos aqui e ali. O colete tinha pelos de gato por toda parte, mas curiosamente ela não cheirava a gato, ou ao menos não ali na calçada, a céu aberto.

Ficamos esperando juntos pela abertura da padaria. Quando isso aconteceu, a fila de clientes se dividiu em duas: uma em direção aos cestos de pães frescos e a outra ao balcão de atendimento. Minha nova colega, que me puxou pelo braço para que eu não perdesse o lugar na fila certa, perguntou o que eu planejava comer. Eu não tinha fome, estava ali para pegar dois sonhos com creme e partir; mas, em vez disso, disse que comeria o mesmo que ela. Não vi mal em me atrasar um pouco em nome de uma xícara de café. Minha nova colega falava devagar e fazia pausas entre as frases, por sorte. É um acaso conveniente encontrar pessoas que falam devagar quando se está nervoso e fervente por dentro. Você vê aquela calmaria na boca de terceiros e então consegue imitar o trejeito, achar concentração antes de sucumbir aos sentimentos. A colega desconhecida me segurava pelo braço e, embora minha carteira de motorista estivesse no mesmo lugar, dentro do bolso, pela primeira vez no sábado parei de suar um pouco.

Nos encostamos no balcão. Era a Janine quem estava operando a máquina de café; quando acionava o botão de vapor, uma fumaça barulhenta subia e a fazia sumir atrás de uma nuvem. Já faz um tempo que Janine não está mais doente, mas por enquanto ela segue usando o lenço que cobre a cabeça porque os fios ainda estão ralos. Gosto quando é ela que está trabalhando aos sábados, mais do que quando é o outro rapaz, o que tem a tatuagem do Vasco, porque ele não gosta do turno e acaba fazendo um café ruim. Com Janine não acontece desse jeito. Uma vez ela me disse que se estivesse em casa estaria dando banho no cachorro ou arrumando o armário da cozinha, então não se sente perdendo muita coisa atrás do balcão. De todo modo o cachorro da Janine detesta tomar banho, ela disse, por isso ele é mais um que fica contente quando a vê saindo para trabalhar. O café que Janine prepara é brilhoso, fervente, sem muito gosto de queimado.

Os bancos altos estavam livres àquela hora, mas minha nova colega preferiu não se sentar. Tinha dores nas costas e ficou apoiada com um braço no balcão enquanto a mão segurava a bengala. Fez um sinal e logo recebeu um café com leite grande e um pão na chapa, com um pouco de geleia à parte, que ela não tocou. "Sempre peço a mesma coisa, em casa não consigo fazer pão dessa maneira, não tenho uma chapa suja o bastante".

Contei a ela que estava prestes a alugar um carro para me reencontrar com meu melhor amigo que vivia em uma casa perto de Araras. Ela ficou surpresa de que alguém na minha idade ainda tivesse melhores amigos, e vivos. Ela mesma já não tinha muitos amigos de qualquer tipo, quanto menos dos melhores, porque as pessoas envelhecem e acabam se mudando para longe quando têm sorte, ela disse.

Expliquei que não gostava nada de dirigir, que só de entrar em um carro já me sentia desgostoso, quente. Ela disse que de sua parte sempre adorou dirigir, inclusive tinha passado uma vida inteira atrás do volante como motorista de transporte escolar. Mas não dirigia mais porque as pessoas costumam ficar aflitas com velhos que conduzem crianças. Alguma coisa se desencaixa no coração dessas pessoas e elas ficam na dúvida sobre quem está responsável por quem dentro do veículo. Então lá estava ela naqueles dias, aposentada, passando as manhãs de sábado na padaria. "Não é muito solitário, há sempre alguém disposto a trocar algumas palavras com você, se procurar bem".

Pedi um café com espuma de leite. Queria ter alguma coisa quente nas mãos enquanto conversava com minha nova colega. Quando estou nervoso, consigo me acalmar mais rapidamente se seguro algo quente, talvez uma lembrança do tempo remoto em que recebia uma mamadeira dentro do berço e logo parava de chorar. Por providência de minha colega recebi um pão na chapa também.

    Ela deu um gole no café com leite e me pediu que contasse um pouco mais sobre o meu amigo. Queria saber se ele era alto. Contei que foi na nossa cidade natal em que o vi pela primeira vez, ainda éramos jovenzinhos e ele estava caminhando na rua. Carregava um violão nas costas e um filhote de cachorro na mão, sustentado pelo cangote. Eram umas quatro horas da tarde. Ele parecia um forasteiro, alguém recém-chegado de mil léguas, embora morasse apenas seis ruas depois. A certa altura, interrompeu a caminhada para ajeitar o pelo do animal, refazendo a pega antes de seguir adiante. Eu disse à minha nova amiga que ao ver aquela cena eu poderia ter me perguntado, de maneira simples, se ali estava um cachorro dourado na luz da tarde ou então um homem bastante jovem como eu, dono de um cachorro dourado, talvez dois amigos recentes. Mas o que acabei me perguntando de verdade foi se ali não estaria o amor para mim, uma pergunta descabida e que de fato eu não esperava fazer àquela altura, mas que surgiu como algo muito natural, reflexo orgânico, como um bocejo diante de outro bocejo. Minha companheira de balcão concordava com a cabeça para que eu soubesse que ela estava me ouvindo mesmo quando não olhava para mim, concentrada em assoprar a xícara.

Tínhamos a mesma idade, meu amigo e eu, apenas alguns meses de diferença, mas nada em nós era semelhante naquele tempo em que nos conhecemos, ao menos não aos meus olhos, disse a ela. Para mim era como se o meu amigo fosse um pouco o futuro, o prenúncio do que poderia existir adiante na trajetória do planeta. Tinha um jeito gracioso, leve, como se tivesse estudado o tai chi com um professor original, do oriente. A casa em que ele morava com a família era amarela, descobri pouco depois, uma construção com varanda e pintada de amarelo, quando nenhuma outra casa era colorida. Entendi como um indício, somado ao que ele mesmo significou para mim desde o começo, de que naquela família (o pai era médico) não se costumava levar a vida tão a sério como nas demais casas do bairro, todas idênticas e de cor bege. Ou o contrário, de que ali se levava a vida tão a sério que jamais seria possível adiar ou esconder o desejo por uma pintura diferente, talvez chamativa demais.

Alguém que frequentava mais aquela rua comentou que a casa não apenas era amarela, como tinha na sala de estar algumas revistas sobre cinema, ciências e até física quântica, publicações que vinham das bancas de São Paulo. Qualquer um que visitasse a família poderia folheá-las, não apenas o pai. Mais tarde vi com meus próprios olhos que aquilo era verdade.

Eu ainda era muito novo, foi o que disse à minha companheira de pão, magro, com os cabelos crescidos e crespos, e por isso o que eu poderia saber sobre o amor?, eu me perguntava, ainda mais o amor nascido da amizade. (Tirei da carteira para mostrar à minha colega a foto em que estamos, meu amigo e eu, jovens e lado a lado, com os braços por cima dos ombros um do outro. Ela ficou um pouco frustrada por ele não ser alto. Por algum motivo minhas palavras a haviam feito imaginar alguém bem maior do que eu.)

Até então eu não sabia o que era amar alguém. Apenas uma vez tinha sido pedido em casamento, aos oito anos, no primário da escola — segui contando a ela. Como não havia anel, a menina me ofereceu uma correntinha em que estava gravada a inicial dos nossos nomes, C & N. Ela se ajoelhou no meio do pátio e me pediu em casamento. As demais crianças imediatamente se juntaram ao nosso redor e começaram a rir e a caçoar da menina que continuava à espera de uma resposta de minha parte. Ela olhava nos olhos dos nossos colegas que não paravam de rir e depois me encarava firme. Era como se dentro dela houvesse uma mensagem sigilosa que precisava ser entregue a mim o mais rápido possível, e quando isso acontecesse eu embarcaria no mesmo sentimento que ela. Olhei procurando ser tomado pela tal mensagem, mas então vi os colegas que seguiam gargalhando e por fim não aguentei aquilo, disse à minha companheira de balcão, não consegui entender aquela característica do amor que te deixava tão exposto na escola.

No fundo eu pensava que aceitaria me casar com a menina quando ela estivesse falando coisas interessantes, mas me descasaria logo depois quando ela dissesse uma besteira. Saí correndo e deixei ela lá, ajoelhada no pátio, sofrendo humilhação. Fui para o banheiro e me tranquei para experimentar a correntinha. Era linda e passei a usá-la escondida embaixo da camisa. Só uns meses depois, quando a menina já nem se lembrava de que queria se casar comigo, puxei a correntinha do peito e mostrei a ela para que soubesse que durante todo aquele tempo eu estava usando o objeto. Ela desdenhou e foi brincar.

Minha companheira começou a rir de mim no balcão, um riso infantil e solto que deixava à mostra um pedaço de pão mastigado entre os dentes. Ver aquela massa moída de pão em cima da língua dela despertou em mim um carinho gratuito e imediato, ali estava uma pessoa que não escondia com a mão coisas que em geral as pessoas escondem. Me senti com sorte. Disse a ela que tinha ficado entendido pra mim, naquela época escolar, que o amor deveria funcionar como uma transação, algo que alguém tem de um lado e escolhe oferecer a outra pessoa em determinado momento — alguém que, em caso de sucesso, irá retribuir a oferta na mesma medida. Era assim o amor moderno, eu pensava, uma conta de equilíbrio ou desequilíbrio.

De repente percebi que minha companheira de padaria olhava para o chão, e só então notei que um cachorro de rua tinha encostado nas pernas dela. Ele olhava para cima, duas bolas cor de nozes na órbita dos olhos, para encarar minha colega. Pelo sorriso íntimo entendi que eles já se conheciam. O bicho girou um pouco para encontrar posição e depois se deitou em cima dos pés da minha companheira. Ela cortou um pedaço de pão com os dedos e deu para ele.

Expliquei que alguns anos se passaram depois da infância e todo aquele meu aperreio para entender o que era o amor, para explicar o sentimento, tudo isso simplesmente se dissipou para mim. Passei a frequentar a casa amarela e a conversar com meu amigo e ali eu poderia vê-lo tocando violão brilhantemente ou acarinhando o cachorro e, nesses instantes, da maneira mais simples que houvesse, a minha certeza estaria dada: eu tinha que amar aquele homem, eu já o amava. Pela primeira vez na vida, ao amar, eu apenas me espantava com aquilo que era o amor, via-o como uma lança passando no ar e podia perguntar a ele, aonde você está indo?, mas agora como uma testemunha e não como um alvo. Era estranho, expliquei à minha companheira, porque para mim era como se o amor fosse ele, o meu amigo, um acontecimento independente de mim e que eu poderia apenas observar como algo externo, um espetáculo. Eu recebia a beleza do espetáculo, as mil cores inesperadas, mas sem previsão de eu mesmo subir ao palco. E isso pode parecer frio, errado ou louco, disse a ela, mas por que o amor teria que ser sobre mim?, eu pensava à época, por que o amor deveria me colocar no centro das circunstâncias? Talvez tenha sido justamente por isso que consegui, por fim, dar de cara com o amor quando dentro de um amigo; dei de cara com ele quando aceitei me retirar um pouco.

Quando nossa amizade estava apenas começando, eu disse àquela companheira inesperada na padaria, a vida também estava começando para nós dois, por isso até hoje, seis décadas mais tarde, amar o meu amigo é sempre voltar a amar também o começo da vida. A qualidade desse amor ainda existe de minha parte, é um amor jovem, resistente, que ainda olha para nós como aquelas pessoas originais, lisas, mesmo quando já somos tão velhos. Isso ficou claro para mim quando meu amigo telefonou na quinta-feira para que eu fosse vê-lo: ouvi a voz dele e compreendi que o amor jamais nos deixaria envelhecer totalmente; era um amor que ainda se lembrava de quem nós éramos e por isso seria capaz de devolver tudo à origem, se quiséssemos, suspendendo o tempo.

O vozerio aumentava na padaria conforme os clientes se apertavam atrás de nós à espera dos pedidos no balcão.

Queijos-quentes e ovos mexidos flutuavam por cima de nossas cabeças, de mão em mão, obrigando que pausássemos a conversa de vez em quando para ajudar um ou outro cliente de braço curto a alcançar o prato. Minha nova colega terminou o pão e pediu um mingau de aveia, que veio coberto com canela e fatias de banana. Era um mingau espesso, grumoso, partido aos pedaços com a ajuda de uma colher. Ela assoprava as colheradas com cuidado, intercalando aquelas que comia e as que oferecia ao cachorro aos seus pés.

Disse à minha companheira que, antes de nos separarmos, meu amigo e eu moramos juntos por uns bons anos. Naquela época fomos obrigados a fugir do país, era perigoso permanecer aqui para pessoas como nós. Lá onde nos exilamos era difícil e caro conseguir roupas de frio, por isso usávamos as mesmas peças, casacos, calças, algumas delas extravagantes e compradas em brechós para estrangeiros. Ocasionalmente, quando conseguíamos um pouco mais de dinheiro, dormíamos em uma suíte de hotel para experimentar uma noite com chuveiro bom e cama limpa, estável. Na pensão em que morávamos as camas balançavam e rangiam, os pés bambos de enfrentar as décadas com hóspedes fugidos de seus países. As razões que faziam pessoas fugirem de seu país variou ao longo do tempo, mas jamais a fuga deixou de ser necessária e, portanto, um lugar como aquele com quartos baratos e múltiplas línguas seguia conveniente no mundo. Recebíamos gente desconhecida no quarto, músicos, estudantes. Conversávamos noite adentro e nem sempre entendíamos o que aquelas pessoas estavam dizendo, ainda não dominávamos o inglês. Talvez esses tenham sido os meses mais preciosos que tivemos de amizade: não pertencíamos totalmente ao mundo exterior e por isso voltávamos necessitados para o português, para as palavras que só nós dois dispúnhamos na ocasião.

Depois de um tempo meu amigo foi se descolando de mim, pouco a pouco mais capaz de absorver a língua. Me lembro que era verão e estávamos na varanda da casa de férias de algum conhecido de quem já não recordo o nome. É incrível como algumas pessoas são tão importantes e queridas em uma época da vida e ainda assim elas desaparecem de nossa história, o nome delas evanesce, eu disse à minha companheira. O meu amigo estava usando uma sunga verde e lia um jornal norte-americano antigo cuja notícia de capa dizia "Qual será o signo da guerra?", com uma astróloga alemã analisando a segunda guerra mundial. Ele tinha as pernas cruzadas, como sempre, de uma maneira tão pessoal e íntima que era como se não tivesse bolas ali no meio, e isso era algo que chamava a atenção quanto ao meu amigo, como as bolas dele sabiam se acomodar dentro da sunga sem jamais serem beliscadas. Ele tomava sol de olhos abertos e com uma das mãos atrás da cabeça, deixando a axila exposta para o céu; era de impressionar como ficava todo dourado, o meu amigo, apesar de ainda preto.

Me lembro que perguntei se ele queria tomar uma limonada ou uma cerveja, o dia estava muito quente e o sol a pino. Ele falou que aceitava uma limonada e eu fui para a cozinha buscar. No caminho me distraí com alguma coisa e, minutos depois, quando voltei, só o jornal que meu amigo lia restava sobre a cadeira. Olhei ao redor procurando por ele e me dei conta de que era a primeira vez que me sentia abandonado pelo meu amigo, exposto no estrangeiro. Não havia perto de mim ninguém que me compreendesse de fato, que falasse minha língua, e por isso duas coisas me abandonavam ao mesmo tempo naquela varanda, a amizade e o português.

De vez em quando aconteciam coisas assim, eu disse à minha colega de balcão, meu amigo e eu nos afastávamos. Eu amava aquele homem e, no entanto, era como se alguma coisa dele estivesse sempre distante, uma porção escondida, e de início achei que talvez fosse um lado reservado para a chegada de alguém mais especial do que eu, alguém mais merecedor de sua totalidade. Mas não era isso; ele resguardava algo seu do mundo como um todo, uma partícula essencial que o deixava um bocado alheio a tudo, ainda que no meio de nós. A sensação era de que ele pudesse ser uma espécie de cometa especial, temporário, que sumiria repentinamente rumo ao próximo destino deixando todos para trás, porque afinal essa era sua sina.

Talvez por isso nunca chegamos a ser exatamente uma casa um para o outro, não pude morar nele, nem ele em mim, não se deu dessa maneira a nossa história, eu disse à colega. Não nos encaixávamos em plenitude, algumas partes restavam soltas, de fora. Ele gostava de comer pizza com as mãos, dobrando a fatia ao meio. Eu partia meus cabelos para o lado. Ele falava devagar e punha a filosofia no meio de qualquer coisa. Eu só tomava uísque, mais tarde só cerveja, e hoje só café e Coca-Cola. Acho que meu amigo não toma refrigerante; costumava ter problemas para engolir o gás.

"Esse seu amigo", minha companheira me interrompeu limpando os lábios de mingau na manga do casaco, "ele deve ser mesmo um sujeito e tanto, talvez por isso precise morar longe". Ela parecia subitamente irritadiça e apaixonada, debochada e envolvida, como se a história que eu contava fosse para ela uma mistura de tédio e encantamento, de amor e de raiva, algo grandioso demais para ser verdadeiro, ainda mais quando exposto diante de um prato de mingau na padaria. Ela ia começar a dizer alguma coisa, respirou fundo e engoliu o que estava na boca. Mas eu fui mais rápido.

Contei que, quando briguei com meu amigo, todos vivíamos outros tempos políticos, era moda uma interpretação radical da vida que só permitia estar de um lado ou de outro da trincheira, sem chance para meios-termos. Quem titubeasse seria malvisto, apartado, julgado. E a princípio todos concordamos quanto a isso, disse a ela, era preciso ter um lado para ajustar uma identidade. Acontece que, ao longo do tempo, junto a essa certeza tão sólida se colava também um cansaço. Foi difícil viver de forma assim apertada por tantos anos, com a mente inflamada; foi difícil sustentar a coerência dos sentimentos sem cair em desgraça, sem esbarrar em desatinos como alguém que só sabe atravessar o presente pelos caminhos do passado. Não sabíamos que seria preciso viver a luta e mais tarde ser capaz de também abandonar a luta, dando algum espaço para a vida comum.

Meu amigo se tornou pouco a pouco mais flexível do que eu, foi o que eu disse à companheira, achando que era possível perdoar e ouvir e reencaixar aqueles que tinham ficado acomodados pelo caminho, de fora da luta, "os perdidos". E eu não conseguia pensar desse modo; por mim os perdidos ficariam afastados para sempre, numa espécie de sentença perpétua. Naquela época parecia que algo assim seria possível, quer dizer, abrir mão das pessoas. Avaliei as circunstâncias e achei que na verdade meu amigo estivesse interessado em perdoar algumas pessoas específicas. Eu me dava conta de que, de minha parte, até estaria disposto a perdoar os perdidos de maneira abstrata, tendo o perdão como uma ideia, mas quando ele se referisse a alguns sujeitos em especial, eu voltaria atrás suspendendo tudo.

O problema foi que, naquela noite em que discutimos, eu disse, não estávamos sozinhos. Havia outras companhias na casa da serra e a presença dessas companhias tornava o nosso desacordo um pouco mais real do que de fato ele era. A mulher do meu amigo à época, com quem ele teve cinco filhos, disse que eu estava com ciúmes de um homem, o Paulinho do Rio Comprido, pernambucano que tocava violão melhor do que eu. Fiquei danado com aquilo, quer dizer, com a acusação de ciúmes, e lutei para combater o argumento. Não consegui, porque no fundo era verdade; o Paulinho tinha se esquivado da luta política por anos, mas tocava tão bonito que uma roda de gente acabava se formando em torno dele, como se na presença do violão a política subitamente se curvasse.

Nos desentendemos e nos afastamos ali mesmo, meu amigo e eu, não como espadas que se repelem depois de um golpe entre as lâminas, mas como águas que se dividem de maneira simples pelo repentino anteparo de uma pedra na correnteza. Desfizemos nossa lealdade um ao outro publicamente para reforçar a lealdade à causa, para nos mantermos fiéis à teoria da vida, mais do que à vida em si. É claro que ainda não sabíamos disso, não sabíamos que estávamos errando ao escolher a teoria.

Naquela mesma noite, eu disse à minha companheira na padaria, ainda fizemos um fogo na lareira e ficamos os dois ali, mudos e bobos lado a lado no sofá de sarja azul, como se nada importante tivesse acontecido minutos antes. Agora estávamos obrigados a encaixar na imagem lúcida do nosso amor uma outra peça madura, a do desencontro. Meu amigo manteve as pernas cruzadas no sofá, como costumava fazer, com as mãos escondidas entre as coxas, e por causa dessa postura ficou parecendo que era ele quem tinha vencido a discussão. Houve um momento, já na madrugada, em que achei que ele fosse dizer alguma coisa, remediar o acontecido, e de fato limpou a garganta se preparando para algo, mas não, por fim ele não disse nada. Passamos a noite com a cabeça apoiada em braços opostos do sofá.

Disse à minha colega que, antes que o dia seguinte raiasse, estávamos os dois tristes, mas também espantados, desconcertados, afinal entendíamos ali mesmo que, uma vez decepcionados com o amor, nosso destino como homens só poderia ser o de encarar o coração partido da humanidade inteira, imediatamente integrados a esse tecido esgarçado quando antes achávamos que estaríamos sempre a salvo dele. Antes nos julgávamos especiais, diferentes, porque vestidos por um amor sólido, e naquele instante em que esse amor tremia e se descosturava, nós dois voltávamos a ser apenas gente comum, exemplares nus no meio do todo.

A essa altura meu café já estava totalmente frio. Engoli num gole só para não desapontar a Janine. Foi a primeira vez que considerei que, bem, talvez a interrupção da amizade com meu melhor amigo há vinte anos não tenha sido apenas pelo desentendimento em si, pela discordância, mas sim por uma necessidade velada que ambos tínhamos de descansar um pouco dos sentimentos, do amor, da adoração, da devoção. Considerei que talvez o que precisássemos, por trás da briga, fosse apenas de um descanso humano.

Minha companheira de balcão de vez em quando desviava os olhos para o salão da padaria, e nesses instantes as pernas dela ficavam desgostosas, precisando trocar de posição. Achei que a culpa fosse minha, a história do meu amigo era longa demais, sinuosa. Depois percebi que não era tédio que minha colega sentia, mas sim outra coisa. Ela movia as pernas para conseguir espiar uma mesa específica bem atrás de nós onde estava sentado um homem de jaqueta verde. Ele tinha um sanduíche de queijo pela metade em cima da mesa e um copo grande de achocolatado que bebericava enquanto lia um livro. Era careca apenas no topo da cabeça, com um cabelo bem liso e médio nas laterais. A todo momento checava minha companheira por cima dos óculos, com o lápis em punho, e depois voltava a ler girando o livro diante de si como um volante, deixando anotações nas bordas.

"O livro que aquele homem ali está lendo é muito bom. Ele me pertence, foi roubado de mim há três semanas". Minha colega disse isso com uma raiva repentina nos olhos, um sentimento que destoava do arco de pérolas. Eu ainda precisava contar muitas coisas sobre mim e sobre meu amigo, coisas que finalizariam bem a nossa história, mas dessa vez, quando ameacei falar, fui impedido pela mão de minha companheira que me segurou pelo ombro.

O homem com o livro tinha sido seu namorado por anos, muitos anos, ela começou a dizer, e tinha saído de casa havia apenas três semanas. Em todos aqueles anos em que estiveram juntos, jamais o homem do livro esteve inteiro e presente dentro do amor — essa era a opinião da minha colega. Ou ao menos foi o que apreendi, porque de repente ela o chamou de bastardo. Protegeu a boca para dizer que a questão era que entre eles dois havia a companhia constante de certo fantasma. Quando ainda não estava com a minha colega, o homem amou uma outra pessoa alta, bastante alta, e embora ele nunca mencionasse o nome desse amor e tampouco telefonasse para ele no Natal ou no aniversário, ainda assim aquela figura funcionava como um espectro atrás da porta, uma presença que poderia se apresentar a qualquer momento para reivindicar o sentimento do homem.

De vez em quando eles discutiam por causa do fantasma, minha colega respirou fundo e seguiu me contando. Ou melhor, ela discutia. Era ela quem exercitava essa parte do amor, a da luta amorosa, até que, na manhã de uma terça-feira, isso faz três semanas, ela não tinha dormido nada bem. O fantasma, uma mulher judia, surgiu para ela em sonho impondo uma reforma na casa do casal: pintou as paredes de uma cor que minha colega detesta, rosé, não poupando nem mesmo as portas. Pela manhã, assim que acordou ainda nauseada pelo sonho, minha colega foi logo perguntar ao homem do livro o que ele achava da cor rosé para as paredes, se gostava ou não, e ele, que estava compenetrado lendo o jornal, disse que não se importava, que por ele tudo bem. Minha colega compreendeu então que estava sozinha na disputa, sobrando contra uma cor desagradável. Explodiu e acusou derradeiramente o homem de não agir para que aquela mulher judia e alta desaparecesse, lá estava ela durante todos aqueles anos, um espectro do passado, presente a ponto de se ocupar da cabeça de minha nova amiga até mesmo durante o sono.

Era manhã e ela havia feito para o homem um café com leite adoçado, como sempre. Ele segurava a caneca sentado à mesa da cozinha, minha colega seguiu contando, e ouviu tudo o que ela tinha para dizer; depois abaixou a cabeça pondo os olhos apenas na toalha de flores desbotadas que estava sobre a mesa. Ela havia preparado um sanduíche e escolhido também uma laranja para ele levar de almoço. Tinha separado a maior entre as laranjas, a mais madura, como de costume. Ele estava olhando para a mesa e para o embrulho de papel laminado. Minha colega achou que o homem fosse rir naquele momento, porque de fato ele costumava rir do tamanho do sanduíche que ela preparava, do exagero. Às vezes ela incluía um ovo frito no meio e por isso o pão ficava alto. Mas ele não riu. Ao contrário, ficou furioso e derramou o café com leite ainda quente no ralo da pia, desperdiçando tudo, e depois foi com a caneca vazia e suja para a sala. Ela foi atrás. Ele enfiou a caneca dentro da mochila, e foi nesse instante que minha colega viu o livro que lhe pertencia ali dentro, no bolso menor. "Esse livro é meu", ela informou a ele, que preferiu não responder. Fechou o zíper e saiu pela porta como se estivesse atrasado, mas não estava, minha colega checou no relógio. "É isso mesmo, você pode ir embora agora se quiser", foi o que ela disse a ele com a voz engasgada, olhando para a porta da sala que ele batia.

Minha colega me disse que o homem do livro saiu tão apressado de casa naquela manhã que acabou esquecendo em cima da mesa o sanduíche que ela havia preparado, assim como a laranja e uma carteira de couro marrom. Os três itens tinham ficado para trás e, portanto, estava evidente que o homem voltaria em algum momento para casa, ele teria que voltar ou ficaria com fome e arrependido. Mas não voltou. No terceiro dia, minha companheira abriu a carteira e vasculhou tudo por dentro. E sabe o que ela encontrou? A chave do apartamento em que aquele homem havia morado com o fantasma. Ele guardou a chave, e guardar aquilo era pior do que ter ali dentro um retrato ou uma correntinha, minha nova amiga me disse, porque para ela a chave mantinha vívido algo mais concreto do que o próprio amor: uma porta.

"Se você quer saber a verdade, não quero aquele livro de volta", ela me disse, enquanto olhava para o homem atrás de nós, "porque além de tudo ele dobra orelhas para marcar páginas, e isso me faz desgostar do livro, isso destrói tudo".

Minha companheira ficou curvada durante todo o tempo em que se referiu ao fantasma. Mas, de repente, ela pareceu se lembrar de alguma coisa, esticou as costas, esfregou o rosto e voltou a si como se tivesse uma espécie de rosto extra guardado no bolso, semelhante àquele do início da manhã, com apetite renovado pelo mingau. O cachorro fazia peso a seus pés, ajudando no equilíbrio, e pela primeira vez naquela manhã ela abandonou a bengala no banco e ficou de pé por conta própria, sem medo de tombar para trás. Minha colega me disse, encarando o homem do livro, que uma coisa era certa: para ela o amor só podia ser uma espécie de alucinação, de desvario. Graças ao amor as pessoas alucinam por um tempo e ao passarem por isso desejam relatar o percurso, a experiência máxima, para provar que já estiveram lá. "Fazem um pouco como a criança que segue chupando o palito de um picolé depois do fim, ainda cultivando a memória do sabor doce e antigo de limão", ela disse, "embora já não haja mais nada gelado e agradável ali".

Ficamos um pouco em silêncio olhando as xícaras vazias. A Janine tinha começado a fritar salgadinhos. Olhei no relógio e vi que faltavam apenas quinze minutos para o meio-dia; se me apressasse e corresse para a locadora, ainda conseguiria arranjar um carro em tempo de visitar o meu amigo na casa da serra. "Sabe", minha companheira me disse, por fim, "na verdade eu não me oporia se o sujeito ali de trás quisesse voltar para casa de vez em quando, ao menos para jogar baralho comigo. Ele voltaria entre as quatro e seis da tarde e depois de uma queda de mil já poderia ir embora novamente". Ela me disse isso e logo depois tirou da bolsa uma carteira marrom, que tinha uma chave guardada dentro do plástico de documentos, para pagar Janine pelo café. Ainda restava um naco de mingau no prato. Ela olhou para o cachorro que lhe dava equilíbrio e ofereceu a ele a última colherada. Minha amiga esfregou vigorosamente as orelhas do bicho para se despedir e, curvada sobre ele, disse: "Agora me diga com toda sinceridade, meu benzinho, onde você vai achar outro amor como o meu, onde?".

Na saída, coloquei a mão no bolso e confirmei, minha carteira de motorista ainda estava lá.

O título deste conto é inspirado no livro *Onde você vai encontrar um outro pai como o meu*, de Rossana Campo.

> Canção: "Genipapo absoluto"
> Álbum: *Estrangeiro*
> Ano: 1989

Fogueira

Marcelo Moutinho

Sei que era junho e fazia frio. Se não posso precisar a data, é porque as festas aconteciam quase sempre no sábado ou no domingo mais próximo do vinte e quatro. Sim, o Dia de São João. Meu aniversário.

A mãe assumia a cozinha de manhã bem cedo. Na véspera, colocava canjica numa cuia com água, para amolecer. Passava o dia debulhando as espigas de milho que virariam bolo, curau e pamonha. Minha tia trazia o empadão de frango e as cocadas e cuidava de comprar paçoca e pé de moleque.

A festa do menino, assim chamavam o evento. Que benção fazer aniversário no dia do santo.

O pai chegava do serviço já de noite, com bandeirinhas de papel coloridas que eu ajudava a colar no barbante.

Dobra a ponta direito, menino, não deixa a quebra ficar muito fina porque a bandeira solta do fio. Lá do meu jeito, eu caprichava naquele trabalho.

Depois era preparar o quintal. Meus pais e os tios todos, reunidos, subiam os barbantes com as bandeirinhas, juntavam a lenha, arrumavam a mesa. A base da fogueira precisava ser em forma arredondada, como a barriga de uma mulher grávida. Lição de minha mãe.

Bebiam vinho aquecido misturado com água e açúcar ou um pouco de pinga, os mais velhos a ralhar que o capricho fora maior no ano tal, que o menino, afinal, merecia uma festa bonita. Se não ele, o santo.

*

A festa dos onze anos: camisa xadrez vermelha e azul de mangas compridas, chapéu de palha, calça jeans salpicada de tecidos em diferentes cores, um kichute nos pés. As fotos não mostram que vesti a roupa sozinho pela primeira vez e, no banheiro, enquanto botava a cueca, vi que alguns pelos despontavam em torno do pau. Passei a ponta dos dedos sobre eles, a pele ganhara uma repentina aspereza.

Naquela noite, sem saber direito a razão, entrei no quintal me sentindo mais adulto.

O resto do roteiro não variou. Primeiro, os beijos e os abraços nos que chegavam e logo ocupavam as mesinhas.

Aos poucos, as garrafas de cerveja enchiam os copos, embora alguns preferissem cachaça e quentão. O volume do som aumentava, risadas, histórias antigas, cai, cai, balão, olha pro céu, meu amor, até a quadrilha pisar forte o chão de cacos de cerâmica.

Eu enchia o bucho logo no começo da festa e, saciado, gostava de ficar próximo à fogueira com meus primos. Atirávamos os estalinhos para ouvir o leve espocar do contato com as chamas. Sai daí, menino!, o pai repreendia, mas logo voltava às cervejas e aos tios.

Mais velho, eu me sentia o líder dos moleques. Por isso partiu de mim a ideia de acender uma bombinha na fogueira, enfrentando o interdito. Podíamos brincar com estalinhos, mas não com artefatos mais poderosos, como a bombinha e o cabeção de nego.

Consegui aquele palito solitário com um amigo da escola, em transação nada fácil. Ele me exigiu quatro figurinhas do álbum da Copa do Mundo. Das raras. Topei.

Negócio feito, escondi a bombinha no estojo até a noite da festa. Meus primos sabiam do lance, a ansiedade era geral. Esperamos os adultos iniciarem a quadrilha para colocar em prática o plano. Caberia a mim, o líder, a honra de acender o pequeno explosivo.

*

Numa família tão pródiga em códigos, os parabéns também eram rigidamente demarcados. Cantávamos assim que acabava a dança coletiva. O pai tirava o som e avisava: Chegou a hora. A mãe, então, providenciava o arresto dos parentes até a mesa principal — às vezes, os mais bêbados davam trabalho.

Velas acesas, eu ouvia a música, cumpria o ritual do sopro e ganhava beijos, além do pedaço de bolo. De milho, sempre.

Viva o menino! Viva São João!, o pai gritava, e todos aplaudiam, respondendo Viva! Viva!

São João, sempre ele, a dividir comigo o aniversário.

*

Chegou a hora. Dessa vez não era meu pai, mas eu, quem falava.

Com a bombinha nas mãos, caminhei convicto até a fogueira. Os primos sussurraram algo que não consegui escutar.

Olhei para as chamas. Elas transformavam o entorno numa paisagem pouco nítida, como se tudo vibrasse lentamente. Me aproximei. Hesitei por alguns segundos.

Vai logo!, algum primo berrou. Tá com medinho?

Nunca, respondi, todo-todo.

Estiquei o braço direito. Senti o bafo quente consumindo, um a um, os pelos da mão. Mas não podia voltar atrás. Tinha tudo em mente: fazer um movimento rápido, de modo a flexionar o braço de volta assim que a ponta do palito se inflamasse e eu pudesse largá-lo dentro do fogo.

*

As festas juninas da minha casa estão guardadas em álbuns de fotografias. Naquela época, era mais difícil fotografar, a revelação custava um bom dinheiro, mas os registros não se perdiam em nuvens digitais. As fotos não dizem tudo, claro. Não têm o cheiro de alfazema da mãe, a catinga de tabaco e suor seco que fazia as roupas do pai se confundirem com seu próprio corpo.

E, contudo, está lá aquela alegria que ainda não se sabia alegria. A vida que crescia, vibrava em seus nervos mais recônditos, mesmo coberta pela película de morte que invariavelmente envolve tudo que existe.

O sorriso do pai, com seus dentes faltando. A hesitação em exprimir afeto, que a bebida desmontava, até desaguar no choro e na busca pelo colo da mulher. A serenidade resignada da mãe, que tomou como missão o cuidar do mundo. Seu cafuné quando o menino, cheio de sono, lutava para não dormir. As pílulas para ela própria dormir.

Os papéis que por vezes se confundiam entre os dois, deixando confundido também o menino.

E o dia em que o pai falou: Hoje você vai provar o quentão, e me tornei um homem, enfim.

*

Achamos que era um tiro, contariam-me, já no hospital.

Acordei cercado pelo pai, a mãe, dois tios, numa cama toda branca. O curativo feito de gaze e algodão deixava vazar uma substância viscosa. A pomada tem duas propriedades, explicou o doutor, serve para fazer sarar e para introduzir a substância remediadora dentro da pele.

Mas, com todos esses atributos, não era capaz de conter a dor que eu sentia. Minha mão queimava como se ainda estivesse dentro das chamas.

Depois vamos conversar, o pai disse.

Só depois, completou a mãe, num esgar de desaprovação.

Não nos demoramos ali. O médico recomendou a troca diária do curativo, sempre com o uso da tal pomada, para evitar infecção. Receitou um anti-inflamatório e um analgésico.

A família, costumeiramente tão ruidosa, fazia silêncio naquela madrugada. No carro do pai, havia um peso no ar que esmagava as palavras.

FOGUEIRA

Embora a promessa tenha sido conversarmos em breve sobre o episódio, o assunto nunca foi abordado. Onde consegui a bombinha proibida, por que diabos resolvi acendê-la na fogueira, nada disso me foi questionado.

De volta à casa, fomos todos para a cama. E, nos dias seguintes, a menção ao assunto se resumiu aos cuidados com a ferida.

*

Desde o trauma dos onze anos, criei pinimba com festas juninas. Passei a reivindicar, na condição de adolescente, que a comemoração do aniversário tivesse rock, DJ e pista de dança.

Meus pais não retrucaram. Faziam as serestas deles, os encontros apinhados de álcool e salgadinhos, mas os mantinham apartados das celebrações do já não tão menino. Cada um na sua.

Primeiros bailes, primeiros beijos, tantas estreias, o tempo passou. Impôs seu caldo morno. Um dia o menino pediu: Faz uma festa junina pra mim?

O menino, meu filho. Também nascido no frio de junho.

Ele tem, no rosto, os traços da avó. Lábios grossos, nariz pronunciado. O corpo magro remonta ao meu pai. Às vezes, numa frase qualquer em meio à fala por demais eloquente para a idade, vislumbro a acidez delicada que o distinguia. Tanino e mel.

Vestido a caráter para sua festa, o menino assa um marshmallow na fogueira. Prometeu, logo em seguida, fazer espocarem os estalinhos que lhe dei, junto ao presente pelos onze anos recém-completados.

Não sou mais criança pra brincar com estalinho, disse quando lhe entreguei a caixa.

É legal, você vai ver.

De longe, observo-o na contraluz do fogo. Sua sombra enorme, muito maior que o corpo, projetando o futuro homem. Minha visão embaça sob a quentura das chamas, que douram o marshmallow e fazem tudo em volta tremular. Ele enfim come o doce, livra-se do palito, abre a caixa de estalinhos, tira alguns, joga na fogueira. Mas não consigo ouvir o estampido.

Canção: "Neolithic man"
Álbum: *Transa*
Ano: 1972

Trança

Mateus Baldi

Para Paulo Coelho Pinheiro, luz; à sua memória.

Ao Diogo.

ANOS DEPOIS, SENTADO NA SALA, quando não estivesse sendo perseguido numa floresta, as pernas dobradas em posição de iogue e a cabeça tentando desviar das pedras se chocando na construção lá fora, Paulo pensará que a casa era chamada de capela. Não que ele se importasse. Ainda era capaz de sentir o cheiro do mato antes da alvorada, quando o orvalho umedecia a ponta das plantas e tudo parece um eterno frio — como agora, sozinho na sala, sem tempo nem espaço, uma figura magra no chão de casa, porque é uma casa, a capela, com quarto, banheiro, cozinha, uma escada e muitos amigos que vêm e vão como se afirmassem que é possível ainda estar vivo. Mesmo que o silêncio, o carro na rua. Estaca.

Fecha os olhos mais uma vez, esquece a TV a cores, o Monty Python, o cheiro de refrigerante e leite nos arredores. Ignora até mesmo que é um homem e está vivo. Mas também não está morto. Não ainda. Anos antes, quase esteve.

A mata. Os homens tinham combinado de vir à noitinha, para dar tempo de desmontar o aparelho, mandar todo mundo a outros lugares, forjar uma ou outra prova que deslumbrasse os caras, capaz de deixá-los pirados durante dias enquanto a verdadeira maquinação corria por baixo da terra, nos escaninhos, no supermercado onde Sonia ia deixar mensagens nas gôndolas. Paulo se lembra de uma tarde específica, em junho, quando ainda não fazia muito frio, em que pediu a Sonia que deixasse um recado na seção de biscoitos. No fim de tarde, enquanto fumava um cigarro, viu-a sair do Disco de mãos trêmulas, a rua das Laranjeiras enfiada numa neblina de ônibus e automóveis, aquele silêncio profundo dentro de si.

E aí, deixou?

Ela assentiu.

Ótimo. Vai embora e não volta.

E você?

Ele jogou o cigarro no chão. Pisoteou.

Eu nada, disse. Eu fico aqui. Daqui a pouco vou lá pra cima.

Paulo...

Ele fez um gesto e observou-a embicar numa transversal. Seguiria pela Pinheiro Machado até a rua do consulado.

Tempos antes, ele e o irmão tomaram um táxi ali. Tinha vindo de uma manifestação, chegou num veículo clandestino, o braço explodido em negrume vermelho. Até hoje, sentado na sala da capela, ele não se lembra de onde veio o tiro. Tem nítidas as imagens de uns jovens fardados correndo de um lado a outro, apavorados com toda a chuva que caía — grampeadores, cadeiras, pedaços de alumínio e toda sorte de objetos atirados pela janela em apoio aos estudantes. Mais tarde chamariam aquela tarde de sangrenta, mas para ele tudo já teria terminado muito antes, quando sentiu um estalo surdo na linha abaixo do pescoço e então o sangue. Vermelho. Vivo. Fluindo. Contra a camisa cinza, ficava mais nítido. Sonia deu um grito assim que transpôs o muro e deparou com seu braço mirrado. Jamais o conheceria tão a fundo como naquele instante — ferido, sozinho no seu alheamento dos giros do mundo, Paulo era sua versão mais nítida. Mas ainda assim alguma coisa o fazia sentir como se a ponto de desabar. Não pelo tiro, exato, mas pelo chumbo na carne. Uma alergia, o médico diria horas depois, no hospital, explicando que ele tivera muita sorte em escapar com vida. Não digo pelos milicos, frisou, a voz baixa, olhando para os cantos. Pelo chumbo.

Ele abre os olhos na capela e tudo some. De volta à mata. Um inseto pousou em seu braço, bem acima da cicatriz. O único barulho é um zumbido; em seu íntimo ele imagina que os milicos — se lembra do médico —

poderiam estar com alguma tecnologia que causasse uma confusão, um ruído. Sente medo pela décima vez naquele dia. Naquela noite.

Há duas estrelas no céu, atrás da lua. Se lembra do pai ajoelhado no quintal, os olhos cheios de luz, mandando-o olhar para a estrela d'alva. Só depois ele foi saber que era Vênus. Ali, de cócoras na grama onde o varal ficava estendido, suas hastes com traços firmes de arame, ouvia a pergunta embalada num cheiro de loção — o que você vê, meu filho? — e sua resposta automática, o eco de sua voz retumbando no vidro da janela, a mãe batendo bolo à mão: não vejo nada. Então os espaços cresciam. Uma sensação de vertigem lhe possuía ao sentir-se vivo, ele agora entende, ajoelhado na mata, o ruído dos insetos, a cicatriz, nada pode ser mais importante do que sentir-se vivo, que pode muito bem acabar amanhã, daqui a alguns minutos. Paulo sorri quando imagina uma patrulha de homens da sua idade, jovens, bonitos, fuzilando-o na mata, deixando-o às formigas, mas estar vivo, conclui, é outra coisa. É quase uma vida por si só. Vai além daqui.

Pensa na gata do apartamento, um amuletinho. Gostava de acordar e se fixar diretamente nos seus olhos. Em certas manhãs, assim que tudo ficava vazio, agarrava Leni pelo peito e posicionava-a na janela. Olha a estrela d'alva, dizia, e a gata permanecia muda. Um carro zunia lá embaixo. A cidade acordava como se nada — nenhum sufocamento, tempestades varridas por sob a pele —, e a gata o encarando. Os espaços crescendo.

Paulo atravessa o campo cheio de folhas como se atravessa um pântano. O medo arrasta seus passos feito lama. Tudo é ruído e nada parece firme no lugar certo. Seu corpo cheira a uma mistura de suor e pânico. Quando abrir os olhos na capela e subir para tomar banho, perto da hora do almoço, vai se lavar e sorrir ao segurar o sabonete. Nove em cada dez estrelas usam Lux. Ele também vai se sentir uma atriz de tamancos, batom. Andrógino. Vai lembrar da Sophia Loren, da Jayne Mansfield — todas bonitas no anúncio. Por um segundo, pensará que também pode existir assim, sem medo e feliz por ser pleno num pôster de sabonete. E quando descer para a sala, se imaginará — de volta à mata, ele tenta e não consegue escapar, o coração da floresta grita e o barulho das corujas o intimida. Os morcegos. Sonia lhe dizia para ser vampiro, ele achava graça, botar uns óculos escuros, se dizer um demiurgo no século vinte. Adeus, melancolia, pensará ajoelhado na capela, de volta à floresta. Toda manhã é assim. Ouviu um barulho e pensou que fosse Deus. Assobiou baixinho um samba do carnaval de sua infância, disso nunca esqueceu, o pai e a mãe segurando suas mãos, passeando pela cidade enquanto ele se perguntava como seria ver um corpo marcado por lábios ou mãos, como seria isso se pra marcar — recordava de uma vaca no caminho para Guadalupe — era preciso ferro quente, e o corpo humano, se esquenta, vira pó.

Sozinho no mato, agora sente que Rio e São Paulo ficaram para trás. Não tem volta, somente um caminho que precisa ser percorrido mais que pela luta, pela ideia, pelas estruturas, por sua própria sobrevivência. Esquecer de tudo, menos de si. A Bahia também não existe, ele imagina, é um delírio que se encrava no peito — retornar à Bahia assim que for possível, assim que esquecer essa solidão atroz, esses homens e suas cordilheiras, os clarins, os militares. Essa tristeza.

Avança como um grilo, a cada passo se sente dando um pulo. Tem um medo absoluto de não chegar às margens do rio, de tomar um tiro antes que a liberdade o pegue. Nas horas seguintes, quando enfim chegar à rodoviária e se livrar das roupas, fingindo confusão, o motorista de ônibus levando-o até a capital por pura pena, vai se lembrar de que agora, no meio da mata, estava tudo claro, de súbito. Dura um segundo, um minuto, ou menos, o bastante para que entenda o caminho a ser feito — cruzar a mata, entrar e sair das estruturas, estar feito na estética da selva.

Sentado no chão da capela, sorri ao lembrar o ônibus. O caminho lhe parecia qualquer coisa indiscernível. Estavam ele e mais um maluco, lado a lado, e cinco famílias amontoadas ao longo do veículo. Ouvir suas vozes acalmava. Um menino assobiava uma música dos Beatles, o que ele achou curioso. Não imaginava que uma melodia daquelas chegaria tão longe. Pensava no pessoal que cantava na televisão, todos metidos a moderninhos com seus próprios mundos e planos. Tinha vontade de um dia, quando tudo acabasse, assistir a uma gravação. Quem sabe em Tel Aviv, assim que chegasse com Ruth. Se instalariam num apartamento e, antes de irem para o kibutz, assistiriam a alguma gravação da TV israelense. Um programa qualquer, só para se sentir perto da câmera. Quem sabe ali também não fariam festivais de canções.

Ruth estava esperando por ele, dias depois, no apartamento em cima da avenida. Tinha cortado os cabelos. Paulo achou que estava mais bonita, mas não disse. De certo modo as coisas pareciam iguais, os móveis tinham o mesmo cheiro, o mesmo brilho, e sua cama, depois de três meses, ainda era sua. Seu pai cuidou de tudo, ela disse. Vamos por Paris.

Quando?

Terça que vem.

João Marcos marcou o encontro no Marais, onde havia um clube de jazz muito bom e ninguém os incomodaria. Ruth escolheu um vestido branco e vermelho, com estampa de bolas sobrepostas, e ele estava como sempre: camisa de mangas curtas, bigode, óculos e calças compridas. João esperava em uma mesa ao fundo. Disse que o apartamento ficava perto dali, tinha uma puta vista e era vizinho de dois amigos que lhe arranjariam umas aulas na Berlitz.

Os caras ainda estão doidos pela bossa nova, acredita?

Paulo acreditava. Hoje, no piso da capela, dá risada, mas na época parecia divino que pudesse ser salvo assim, graças à música. Na semana seguinte, marcaram uma conversa com os tais amigos da Berlitz e logo estavam no interior, tomando vinho e comendo às custas de uma gente rica com vontade de conhecer o Brasil. O foco era a conversação. Ele achava mais fácil criar exercícios que tivessem a ver com elementos da cultura, algo que os fizesse assimilar o idioma por meio daquela identificação absurda.

No segundo mês, já num apartamentinho ridículo, Ruth emendou uma conversa sobre expectativas e decidiram terminar. Ela queria ir para o mundo, não tinha saco para uma vida conjugal num exílio que tinha tudo para ser divertido — afinal de contas, dizia, nada como respirar esse ar civilizado — e havia se transformado na mera substituição das agonias. Acordava no meio da noite suando frio, achava que os milicos estavam perseguindo-os, e somente Israel poderia libertá-la daquele pânico.

Com Paulo a coisa era diferente. Apesar de tudo, sentia-se cansado. As aulas davam dinheiro e eram cansativas em igual medida. Precisava de novos ares, algo que lhe fizesse companhia e não fosse a imagem frustrada de Tel Aviv, onde nunca pisaria.

Passou um fim de semana em Londres a convite de João Marcos, que fizera amizade com músicos expatriados e estava por dentro da chamada cena brasileira. Não que ele, Paulo, estivesse interessado nisso. Queria apenas existir. Quando chegou à casa que chamavam de capela, a conexão foi instantânea. Aqui, sentado no piso, se recorda de um cabeludo tocando violão e chorando com uma música de Roberto Carlos. Ainda hoje cantarola Celly Campello nos momentos de agonia, tentando adivinhar se volta para o Brasil. A ingenuidade da sua pré-adolescência o conforta e impede que o buraco o engula novamente. Mas não basta.

Por isso ele se levanta e vai ao tanque, enfia a cueca e o short no cesto de roupa suja. Espera. Há um pequeno espelho que ilumina fragmentos do seu rosto. Paulo se sente num quadro de Picasso. Há alguns meses, quando chegou a Londres, usava casacos duros, sentava no Hyde Park e observava as pessoas caminhando. A barba tinha crescido espessa, uma cama de arame espetando a face, mas agora é sol. Pensa no Brasil. Na Bahia. No Rio. Fica se perguntando como é a vida de Ruth em Tel Aviv, se nas horas de agonia ela se deita na cama e imagina que o mar fica longe; se, como ele, sente-se eternamente pregada numa cruz.

Volta à realidade quando apita o relógio. São dez da manhã e está sozinho na capela. Caminha até a sala numa paciência monástica. Desliga o alarme, deixa que o silêncio dos dias passe como um pedaço de breu. Sempre passa. A obra cessa o bate-estaca momentaneamente. Paulo chega na janela e observa os homens conversando, rindo. João Marcos volta em breve. Ele espera. Até que na cozinha, tomando água, uma vertigem o conduz. Um espectro. Vem por trás, abraça suas costelas, deixa que o tempo frise a distância do abismo — se não se cuidar, é muito. Ele volta à sala com uma força que não sabe de onde vem. Os homens do outro lado da rua estão imóveis. Londres parece flutuar na neblina. Mecanicamente, se senta no chão. Aguarda. Vivo em espera, pensa. Não, não vive, a voz diz. Tu estás em movimento desde o primeiro dia, e há de ser intranquilo como o sol.

Paulo se levanta e ainda assim permanece onde está. A voz o rodeia, seu chicote atravessa os ouvidos, os tempos, as estações. No chão de madeira da capela, vislumbra passado e futuro. Sabe da mãe, do pai, das tias, dos amigos, dos irmãos, mas também do filho que ainda não nasceu, a segunda mulher, os homens do neolítico, a praia de Botafogo forrada de óleo diesel, os tênis que calçará quando tudo estiver mais sutil, a nave na Bahia, o vaticínio de tomar cuidado com o ano de 1975. Nada a temer.

Alguma luz se espalha. Seus olhos fixos lambem o tecido da realidade. A voz emerge das cinzas espalhadas entre os tacos. Ele vê Seu rosto e tem certeza de que Aquilo é Aquilo que É. E não pode não Ser nada que não a Sensação que o Conduz e entorpece seu Corpo à margem dos trinta anos, à espera do Brasil e das constelações no mesmo grão de areia que se ergue do solo. Arrisca um olhar para a cômoda sob a TV. As gavetas estão fechadas. Ninguém lhe deu ácido. O mundo, aqui, só dá vida.

Paulo fecha os olhos. Abre. Do outro lado da rua, os homens se movimentam. À sua frente, Deus pousa a mão em seu ombro e diz: Tu és meu filho. No instante seguinte, o barulho recomeça num estopim, a construção, a Inglaterra, os poderes da Rainha, as bombas sobre Hanói, a mãe, o pai, os filhos, sua avó, seus amigos entocados em porões, o sorriso de Anne Frank, o monstro de luz no Abaeté, o coro dançando ao redor dos anos seguintes — roge, roge, roge —, e a íris do olho de Deus, com Seus múltiplos lados, arrebata sua visão até que seu abismo íntimo, na luz dos olhos, varra o horizonte — por completo, Deus frisa, tu és meu filho e agora és tudo o que existe.

O mundo se afasta. Se encaminha.

Paulo se levanta.

João Marcos diz que uns brasileiros vão tocar no Queen Elizabeth Hall, mas ele não se interessa, precisa ficar estudando. Está cansado de dar aulas para gringos e toda aquela história, embora paguem bem. João Marcos insiste que é uma turma boa, ele recusa. Diz que sonhou com o

Brasil, está de bom tamanho. Meses depois, num ímpeto, João estará no Rio de Janeiro por livre e espontânea vontade. Tô cansado de ficar com medo no frio, dirá no aeroporto, antes de abraçar Paulo. Num dia de dezembro, durante uma ligação, pedirá ao amigo que retorne, ninguém lhe fará mal quando chegar ao Rio. Paulo não pergunta. De um modo estranho, confia em João.

Na véspera do embarque, finalmente liga para Ruth em Tel Aviv. Atende um homem.

May I speak to Ruth, please?

Who is it?

Paulo.

A ligação é cortada. Ele não insiste. Telefona para um aluno em Paris e agradece por tudo. Marc promete transmitir o recado aos amigos. Diz que sentem falta de seu espírito. Ele agradece e se despede beijando o bocal do fone, como faz sempre que a mãe liga, um hábito de família.

As ruas estão frias. Não neva. Um grupo de jovens passa com a cara remelenta. Carregam instrumentos em capas de madeira cheias de desenhos e adesivos, e suas roupas lembram antigos balões, uma imagem de que Paulo acha graça. Enquanto se imagina entrando no avião e encarando a travessia do oceano, pensa que os militares devem ter esquecido seu rosto. Não é possível que o recordem assim, um comunista tão genial a ponto de tomar um tiro e ter alergia.

Senta num desses banquinhos na calçada e lê pela última vez a carta de Sonia. Ela anuncia que está grávida, uma menina, e que também ele vai ser muito feliz em qualquer lugar no mundo. Ao final, a letra do irmão informa que no Rio não existe verdinha como na Europa, que é para aproveitar. No Brasil não é possível essas transas, maninho. Paulo ri sem se importar com os olhares de reprovação.

Quando chega em casa, para variar, a capela está vazia. Do outro lado da rua, o pequeno edifício jaz mergulhado em sombras. Não se ouve mais as estacas nem qualquer barulho.

Paulo senta no piso e cruza as pernas em posição de iogue. Pela última vez, fecha os olhos. Está num descampado. Sente que existe um pântano por ali, antecipa o cheiro, e ainda assim não o alcança. Ninguém o persegue. Ignora o frio aqui fora. Percorre matos, florestas, imagina que tipo de programa os colegas de casa estão fazendo numa noite como esta. Segue o caminho de um pássaro até dar num rio boiando à luz do sol. Uma irmã muito nítida e parecida consigo lhe conduz pelos verdes. Quando chega perto do aeroporto, o barulho dos aviões se transforma em cachoeira. A irmã ri. Seguem a estrada até a cerca na altura do peito. Pulam. Ele vislumbra uma árvore. Brasil, a irmã diz. Quando encosta no tronco, sua pele muda de cor. Hesita. A irmã está trepada num dos galhos e colhe os frutos. Ele entende tudo. Estica a mão de volta e deixa que ela, num sorriso, deposite cinco bolinhas.

O vento muda de direção. Paulo abre os olhos e vê um pequeno círculo azul entre os dedos morenos. Sente o cheiro de fruta. A irmã sorri. Está tudo resolvido. Agora sim enxerga a trança que une seu corpo à terra, à vida. Um araçá.

Canção: "Giulietta Masina"
Álbum: *Caetano*
Ano: 1987

Uma fresta

Micheliny Verunschk

Eɪ, Gɪᴜʟɪᴇᴛᴛᴀ! Gɪᴜʟɪᴇᴛᴛᴀ!

O apelo ecoava na rua e se tornava cada vez mais próximo, acompanhado do som de passos apressados. Ela segurou o impulso de olhar para trás, não reconhecia a voz e, além do mais, lembrava da advertência materna, nunca se voltar ao chamado ou assobio de um homem. Aprendera de menina e não bastasse a memória do rosto austero da mãe, seu nome não era Giulietta.

"Giulietta Masina!"

O homem chamou novamente, e dessa vez tão próximo que seu coração como que caiu no chão, num baque inesperado. Ele se colocou diante dela, o mesmo sorriso de antes, agora um pouco mais velho, uma mecha prateada se destacando entre os cabelos encaracolados.

Ana!, ele disse, e sorriu.

E, então, pálpebra do tempo abrindo uma fresta de luz, ela, tão mais jovem, saltou diante dele, Artur, como se outra se pudesse fazer presente. Outra, ela mesma, a mulher de 1987, aquela que tinha trinta e oito anos, diante não mais do menino de dezenove, mas do novo homem, este que ele se tornara no futuro, naquele futuro de agora, tão intempestivo, um rasgo em uma movimentada rua do centro de São Paulo. Os cães latindo das janelas dos apartamentos, os carros em seu moto contínuo, os semáforos em seu trabalho silencioso e quase místico e um homem e uma mulher se olhando como se fosse a primeira vez.

O ciclo de cinema italiano, no auditório 3B, tivera três sessões dedicadas a Fellini, pensara em *Satyricon*, em *La Dolce Vitta*, mas acabara escolhendo *La Strada*, *Giulietta degli spiriti* e *Le notti di Cabiria* por causa da pequena e forte Giulietta Masina. Dias depois o rapaz já não a chamava pelo nome.

Giulietta Masina! A professora não parece com ela?

Ela riu, entre tímida e séria, e à noite, diante do espelho do banheiro, examinou o próprio rosto procurando uma outra mulher em seus traços. Ele era um menino lindo, lindo como tantos, mas não seria a beleza que a levaria até ele. E quem saberia, em qualquer tempo ou realidade, a natureza do fio que leva uma pessoa até outra? Ariadne nas esquinas do labirinto, Gesolmina e o amor. Quais os caminhos do corpo e da alma? Depois, tudo muito rápido, um bólido, a carona, o sexo aberto à palma de sua mão, uma fruta vermelha, o figo desmanchando em açúcar na língua, pegar os filhos na escola, as provas por corrigir, os encontros que pareciam criminosos, Fabiano descompassado entre ela, as crianças, a escrita do romance e a universidade. Tudo muito rápido, como se a vida dos últimos dez anos não encaixasse mais, um vestido que ficou apertado. E ele, um menino luminoso, uma inteligência extraordinária, promessa de algo que ela não saberia dizer ao certo o que seria, a alegria da imprecisão.

E então, a história de amor que logo degeneraria em escândalo, a mãe dele gritando impropérios na Reitoria, o tapa que recebera, na frente de todos, marcando a palavra puta no rosto, os amigos e colegas olhando-a com nojo, e o desdém com que Fabiano sempre a olhara, como se ela nunca fosse boa o suficiente, aquele desprezo se transformando em um verme gordo e gigante, corroendo as paredes do apartamento, uma maçã já murcha. O divórcio não doera. A demissão, sim. A perda da guarda das crianças fora uma vingança desnecessária, mas isso conseguiria assimilar, negociar. O sumiço do rapaz, afastado pela família, não. Meses depois recebeu das mãos de uma amiga dele uma carta de Nova York, outro chamado à aventura. Não foi, viraria uma estátua de sal.

Ana. Giulietta!

Você, Artur! E ainda um menino!

Ela achou que sorria enquanto dizia essas palavras e sentiu, aos poucos, o coração voltando ao lugar, o corpo coincidindo com a idade, os cabelos brancos descendo pelos ombros, seus olhos nos olhos dele, que estavam marejados como se fosse ontem, como se o instante pudesse ser aquele dia, o último em que se viram antes de serem arrancados um do outro em carne vivíssima e sangrante.

Deram-se as mãos.

> Canção: "London, London"
> Álbum: *Caetano Veloso*
> Ano: 1971

Marcelina

Nara Vidal

Para B.V.

Tinham o sol em ar.

Mas a lua, a lua era em fogo.

Uivavam tanto um pelo outro que Marcelina passou a ler o horóscopo de Leão e Sagitário, e começou a deixar as previsões de Libra pra depois.

O fogo deles era ponto luminoso de um mapa que os dois passaram a fazer. Uma cartografia que não existia antes nem na vida de Marcelina, nem na vida dele. Como se tivessem inventado um mapa astral, uma cidade, o posicionamento dos planetas entre eles abria um lugar profundo e quente onde eram alegres como crianças bobas.

Não é brincadeira isso de estar longe da pátria que é a língua, aquela que lambe e roça e diz eu te amo ou amo-

-te, tanto faz, e que faz Marcelina se lembrar de Camões e de Ogum. Amor era com L de *love* e estava bom. Um contentamento *absolutely lovely*.

Longe do fogo, Marcelina estava segura e andava pela cidade como olhos foscos andariam por Londres. Uma rotina cristalina que lembrava a cristaleira da tia Terezinha, tão limpa e espanada, intocada e sem visitas. Era o corpo de Marcelina, a cristaleira da tia Terezinha, um par de olhos frios, longe das línguas de fogo. Nos dias de sol gelado, ordem nas gavetas, cozinha limpa e comida no ponto, seu corpo desocupado e sem uivos, estava limpo, intocado, funcionando bem, cumprindo prazos e visitas médicas. A língua, como o país, dormia.

Com a predominância do elemento ar, Marcelina caminhava por Londres segura dos seus passos, sabia para onde ia, sabia até seu nome. Era só virar o céu, o mapa se modificava, tinha o corpo em chamas, ocupado, satisfeito e sujo na maior parte do dia. Uma confusão mental se apropriava dela, como uma fuga para outro planeta. Era abduzida por seres extraterrestres, esquecia-se de compromissos, uivava para a lua em fogo. Eram Leão e Sagitário.

Quando estava acordada? Quando sentia o corpo arder e os poros transpirarem? Quando conseguia acompanhar o calendário e as listas de compras?

Sentada em um banco que dá de frente para a Serpentine Bridge, Marcelina olha aquele lago e pensa que ali morreu Harriet, a primeira mulher do poeta Shelley. Suicidou-se, grávida e afogada, de amor. Quem vê aquele lago não enxerga a desordem das profundezas. Aquela água parada fez Marcelina imaginar a cristaleira quebrada da tia Terezinha. Pensou em um monstro, um ser animalesco cuspindo fogo e destruindo, com uma cauda áspera e dura, a limpeza e a ordem daquele objeto que se tornava tão inútil. Tão bonito e tão inútil. O animal vinha, grande demais para a sala da tia, virava-se em grande confusão e começava a esbarrar o corpo grosso e caudaloso em tudo, quebrando portas de vidro tão limpas que cantavam quase uma cuíca. Pires e xícaras voadoras encontravam o chão e se espatifavam de raiva. Os cristais, a ordem, a dor e a alegria silenciosas, a paz adorável do seu corpo vazio procuram o delírio da rota traçada onde pega fogo e, luminosamente, quer saber se quem cruza com ela nas ruas está apaixonado. Olá, você tem lua em fogo? Você está apaixonado ou está tudo em ordem? Ninguém responderá. Estarão apressados para serem quem são: gente amável, de olhos claros, que caminham por gramas verdes, silentes, ainda que ardam no escuro da noite em uma rua onde as casas, em fila, são todas iguais, fogo morno e controlado por regras de segurança rígidas. Caminham por Londres, em inglês, traçando mapas com ruas claras e ordeiras.

Me pergunto se alguém se lembra da Marcelina correndo loucamente, em fogo, uivando e se esquecendo do próprio nome, mas falando, finalmente, a própria língua. O amor desarranjava os cabelos, dava canseira e fazia Marcelina sentir-se alta e louca como uma revolução.

Canção: "Queixa"
Álbum: *Cores, nomes*
Ano: 1982

Terminal Tietê

Paula Gicovate

Fechei seu casaco de moletom como se pudesse protegê-la do frio e de qualquer maldade. O corpo da menina, uma miniatura do meu, encaixado no meu braço, me dá a sensação de que tenho tesouro o suficiente para enfrentar o mundo. Não preciso de mais nada, mas ao dar a última olhada na casa, perguntei se ela queria levar alguma coisa.

[Pra onde? Para levar na viagem. Uma viagem só nossa.]

Dora não hesitou. Com cinco anos pisava firme no seu pedaço de mundo, e eu lembro que minha avó dizia: quem sai aos seus não degenera. Nem questionou o porquê de tantas malas. Segurou minha mão e eu senti prazer e inveja por essa entrega tão cega. Não é todo mundo que pode se dar ao luxo.

No caminho achou lindos os prédios de São Paulo piscando e ficando para trás como um cometa. Lembrei de quando cheguei aqui fugida de uma cidade pequena de nome esquisito, bancando um sonho modesto de ser outra pessoa. Eu não estava atrás da fama, não queria um emprego de destaque e nem buscava um amor. Só queria escapar daquela cidade magenta onde todo mundo me olhava torto por ser diferente, onde até o sonho mais modesto podia nascer e morrer na praça central.

[Tá vendo esse prédio grande lá fora? Bonito né? Um dia você pode morar nele. Um dia você vai poder fazer o que quiser, é só ter desejo e coragem. O que é desejo? Depois te explico.]

São Paulo não me acolheu, me recolheu. Como faz com milhares de imigrantes diariamente, gente que vem de todas as partes de um lugar ruim, pensando em um menos pior. Eu vim com o contato de uma amiga de infância da minha tia, que era dona de uma loja de vestidos de noiva na rua São Caetano. Ela disse que a vaga era minha, mas que não esperasse mais nenhuma ajuda, poderia contratar alguém de São Paulo no meu lugar. Mas eu só queria recomeçar. Passei meses morando na vaga de um apartamento de quatro quartos com mais seis garotas e uma senhora italiana. Meses abotoando, prendendo colchetes, costurando filó e alargando medidas gastando meu Tip Tip da Anaconda para sorrir para as quase esposas da loja "Princesa".

O amor nessa época era um luxo que eu não deveria ter acesso, mas queria mesmo é que as noivas entrassem na loja feito uma manada apaixonada, que comprassem vestido, tecido, almofadinha de aliança, porque além do fixo, tinha uma porcentagem de venda que eu lutava para conseguir.

Precisava ganhar um pouco mais, morar com menos pessoas e um dia finalmente descobrir o que São Paulo tinha, porque até então, como o amor, a cidade também não era para o meu bico.

[Em breve a gente come algo, prometo. Agora fica quietinha e olha pela janela. Que nome você quer dar para aquela estrela?]

Depois de um ano me tornei supervisora. Gente com meu sangue ganha a vida na unha, no laço, e eu fiquei com o peito cheio com a notícia e o aumento do salário. Já morava com menos pessoas e vez ou outra me permitia enroscar nos forrós da cidade. Não se tratava de amor, mas de pele.

Escolhia uns rapazes bonitos para dançar, e se minha nuca arrepiasse, já puxava pela mão e levava embora. Cada fim de semana eu tinha uma língua diferente na boca, uma marca na cintura, até que Castro começou a se repetir. Era técnico em informática de uma galeria no Centro. Ele se achava muito inteligente, muito rico por morar numa casa só dele, muito gostoso. E era.

Da primeira vez que me tirou para dançar já me chamou de serpente, disse que meu olho verde era feitiço, que levaria um homem para o buraco. Tinha um papo inteligente e umas manias engraçadas. Ia toda semana ao cinema, virava noite no caça-níquel, aparecia vez ou outra com um bolo de dinheiro esquisito e jurava que um dia ia conhecer o Canadá.

[Depois a gente fala com o pai, Dorinha. Agora não. Agora a gente vai fazer uma aventura.]

No dia em que o conheci não me contou seu primeiro nome, não gostava dele, porque herdou do pai, um homem violento e duro. Castro se achava muito diferente dele — sempre nos achamos diferentes — e jurava que nunca repetiria o desfecho do velho, um solitário perdido no mundo.

Nos envolvemos por pura insistência. Me buscava toda sexta na loja para passarmos o fim de semana juntos, e não era ruim. Nenhum início é, não existe nada mais imbatível que inícios.

Castro era todo muito. Muito grande, muito pelo, muita mão, muita lábia. Convenceu-me de morarmos juntos, seria bonita a vida que nunca experimentamos, e eu caí, porque finalmente me convenci: o amor também era para o meu bico.

Estava despedaçada há muito tempo. Acreditei que o amor era cola para juntar tudo, e com ele eu seria invencível. Nesse movimento besta de deixar a vida acontecer com um sorriso capenga no rosto, um dia desmaiei fazendo bainha em um vestido de noiva e descobri que Dora vinha com a força de um raio e já morava em mim havia quatro meses.

Castro fingiu ter gostado. Queria muito ser diferente do velho e por isso botou na cabeça que podia ser pai. Quando a menina nasceu, senti um amor delicado, como nunca senti por alguém antes. Era inédito, como uma nova língua, um planeta sem nome. E aquele homem, antes todo muito, ficou cada vez menor. Passava cada dia menos tempo em casa, jogava, chegava tarde e ainda acordava Dora para ficar com ele. Mais uma vez, comecei a achar que o amor não era para o meu bico, ou se era para ser daquele jeito, eu não queria mais. Quem sai aos seus não degenera, lembrei, e com pouco tempo a marca de paixão na minha cintura se tornou um vermelho espalmado no meu rosto. Não teria uma segunda vez. Contei isso na loja, com Dora no colo, sob protestos das vendedoras e da dona. Como você vai fazer com uma criança pequena? Me disseram para fingir estar dormindo, para fingir não enxergar, para fingir que aquilo não estava acontecendo, porque era o certo a se fazer, pela filha. E sou doida de deixar essa menina crescer achando que infelicidade é destino?

[Nunca deixe ninguém dizer que você não pode ser feliz, Dorinha.]

Me pediram para nem contar o rumo, porque se ele aparecesse na loja seriam obrigadas a falar. Não contei porque não sabia. O plano era encapotar a menina contra o frio, chegar na rodoviária e deixá-la escolher o lugar com o nome mais bonito. Na mala, levei a máquina de costura e o dinheiro do caça-níquel da noite anterior. Fui falando uma cidade por vez.

[Escolhe, Dorinha, sente com o coração.]

Belo Horizonte. Gostei porque pode ser bom se mudar para um lugar que carrega belo no nome. Joguei o celular embaixo do ônibus e embarquei segurando Dora firme no braço. Já escapei da miséria, de uma família que não me quis, de um município sem cor, de um amor violento, da mágoa, da tristeza, da vingança, e por ter essa menina comigo, uma continuação tão mais forte de mim, também tinha escapado da morte.

> Canção: "O quereres"
> Álbum: *Velô*
> Ano: 1984

Desavisos

Renata Belmonte

> Para Rivane e Giuseppe, decassílabos,
> amores brutos, num dia de junho.

(Aqui estou, já distante, chamando de memória qualquer coisa que foi apenas ontem. Claro, é verdade: corro. Tempo não é moeda com a qual se deve arriscar. A porta se abre, lembranças me escapam em movimentos rápidos, lapsos. Constato meu corpo lento, ele possui idioma próprio, apesar de padecer de uma dor que só existe em português. Mesmo desta forma, sinto-me fora de sincronia, ninguém entende o que falo. Gostaria de alcançar meu passado remoto, quando podia dizer amanhã com a segurança de quem tem certezas do agora. Não, não sou capaz de renunciar ao seu rosto, à sua voz, como sempre os conheci. Com frequência, pego-me observando escondida os seus vídeos e retratos de outros anos. Quero de volta, desesperadamen-

te, sua mão entrelaçada na minha, preciso de algo que me
pareça minimamente familiar, qualquer coisa segura que
me leve para frente, que me assegure que o melhor ainda
se faz possível. A saudade daquilo que, de modo abrupto,
nos foi retirado, causa-me vergonha, penso que não deveria senti-la, escondo isto de todos, especialmente de mim.
Dos dias de angústia, preferia o esquecimento completo, a
bruma que esmaece a recordação daquelas pessoas desconhecidas que existem apenas nos nossos sonhos. Mas eu já
deveria ter aprendido que, por mais que queiramos, há coisas que simplesmente não podem ser. Deste modo, como
o meu desejo não se revela possível, eu o assumo e narro.
Ou melhor: eu a observo e narro, mesmo embaralhando os
fatos, mesmo ciente de que você poderá não gostar disso.
Perdoe-me, por favor, se pareço invasiva. Às vezes, também
penso que deveria manter tudo como um grande segredo
para não atrair más energias. No entanto, a crença maior, a
que prevalece sobre mim é que se conto, te salvo. Lógico,
sei que isso não soa lógico. Mas não lhe parece válida a
minha tentativa? Pelas palavras, portanto, ficamos com as
contas saldadas. E você, mãe, para sempre, saudável e viva.)

Sete dias antes

Não. Comigo não podia estar acontecendo porque sempre busquei me adequar e ser respeitosa com a ordem do mundo. Assim, merecia guarda, proteção e justiça. Jamais desafiara intencionalmente nada de sagrado, esforçara-me para permanecer sempre na linha. *Mas a vida é real e de viés*, eu mesmo contra-argumentava, perguntando-me também se o fato de me lembrar disto agora, por si só, já não significava uma espécie de premonição, aviso. *Que absurdo*, logo em seguida, mais uma vez, contradigo-me. Tantos anos de análise já deveriam ter me advertido dos significados tortos que atribuo aos meus próprios pensamentos. Só que mesmo me repreendendo conscientemente, o fato é que estremeço por dentro e não sei, neste momento, em quem acreditar. Seria mesmo Deus capaz de uma brincadeira de mau gosto deste jeito? De um erro tão grosseiro? E no meio dos meus embates internos, destas dúvidas vitalícias, descubro que deserto começa a se tornar cada vez menos um substantivo, restando somente como falta de lugar, adjetivo. E é também desta forma que acabo descobrindo que existem jardins em pesadelos. Impronunciável em meu sofrimento, com o olhar sequestrado pela paisagem da janela, saio, então, de mim, deixo-me escapar, mas quando já perdida entre cerejeiras ingratas (pois coisas bonitas não deveriam ser capazes de existir longe demais de suas origens, raízes), acabo me dando conta de que preciso retornar para você, mãe, justo o local que sempre temi. *Não, não quero escutar, não sei o que fazer deste horror, tenho pânico disto que não estava desenha-*

do, previsto..., "As vozes vieram a mim e me pediram para tirar os sapatos, e assim o fiz. Esse deserto está cheio de sapatos de homem. E a chama gritou Sou o que sou. Um deserto cheio de sapatos de homem. Uma das imagens mais bonitas que há neste mundo, a ausência do homem na grande ausência que é um deserto". Sou uma mulher nascida do desaparecimento de outra, mãe, da sua história desconhecida de morte que me antecede, do seu silêncio sobre quem fora antes. Ao que você renunciou para eu estar aqui? Para que eu pudesse ler e me lembrar deste poema, para que eu existisse em desavisos? Certamente, entre milhões de pessoas, não existe absolutamente nenhuma que faria tamanho sacrifício, ao menos, não por mim. E é justo por isto que tenho muito medo de me aproximar do que, hoje, experiencio porque tal atitude pode parecer (para alguém que não sei quem é, mas tem mais poder do que eu) que estou aceitando, consentindo. Quero muito descobrir a melhor saída possível deste deserto que me habita, cheio de sapatos de mulher. Os seus pés, mãe, são muito menores que os meus, suas sandálias sempre me apertaram. E minha chama gritou Sou o que sou: uma mulher descalça. Cerejeiras são ingratas porque coisas bonitas não deveriam ser capazes de existir longe demais de suas origens. Meus pés, mãe, nunca couberam em suas sandálias, estou nua, longe de casa, nesta cidade desértica, completamente sem raízes.

Não, não quero escutar, não sei o que fazer deste horror, tenho pânico disto que não estava desenhado, previsto...

Foi do nosso desencontro fundamental, assim como da violência com a qual meu corpo se comportava quando não tinha seus anseios atendidos, que nossa distância se arquitetou e, com o passar do tempo, tornou-se um belo abismo sem escadarias. Sim, mãe, é verdade: também nunca fui capaz de atender seu desejo, porque mesmo quando eu me esforçava, sempre lhe parecia que faltava algo em mim. E foi desta sua incompletude humana básica aliada a uma incapacidade de desenvolver repertório para lidar com os próprios quereres, que passei, então, a me sentir culpada por quase toda dor sua, por qualquer mal-estar que a acometia. Há quem sustente que a ausência de uma gramática em comum entre mãe e filha é verdadeira catástrofe, pois impossibilita a transmissão do feminino. Mas como nós, estrangeiras em nossas línguas, poderíamos ter diferente destino? Não um anjo, mas também mulher, fato é que, desde criança, ansiosa por esmolas do seu amor materno, eu vivia tentando me aproximar dos seus desígnios. Só que, para meu eterno desgosto, quase imediatamente, uma nova demanda sua se fazia. Muitas vezes, peguei-a me observando em silêncio, como se perguntasse quais motivos me faziam insistir numa carreira sem remuneração precisa, pois você, bem-sucedida, matemática, não parecia compreender a importância para mim da escrita. Por que eu não era legível, simples, como minhas primas? Por que eu consistia nesta presença tão perturbadora? Não possuía eu tudo que alguém mais poderia pretender, um rosto bonito, um bom emprego, marido e filhos? Por que, afinal, esta minha recusa em me tornar adequada? Por que eu não me deixava ser domada, não aceitava a natureza das coisas como elas se precisavam? Por que fui embora com passagem só de ida? Não parecia injusto que eu tivesse me descoberto feliz, em outra moradia, longe de vocês, minhas árvores, terra absoluta, minha tão amada família? Sim, mãe, acredite, por mais que eu tenha tentado, querido, nunca fui capaz de ser levianamente agradável como as outras meninas. E posso entender que você, tão racional, tenha encontrado dificuldades em lidar comigo, esta sua filha indefinida, com falas dissonantes demais para serem proferidas sem causar constrangimento nos ambientes em que você e meu pai circulam com seus amigos. Mas como eu, deserto-adjetivo, poderia renunciar justo à bruta flor que me consistia? Aliás, sempre me perguntei se a dificuldade que você tem comigo não se revela uma forma de não ser confrontada com o seu próprio não dito. Não, não pense que vivo totalmente confortável com o que sou, pois sempre que me aproximo do que desejo, talvez pela sua censura perene, acredito que serei punida e sou tomada por uma sensação de pavor imenso, como se fosse perder tudo que conquistei, como se entrasse em queda livre..

—Tudo bem? Podem entrar, sentem-se, por favor.

Não, não quero escutar, não sei o que fazer deste horror, tenho pânico disto que não estava desenhado, previsto...

Há coisas que possuem diversos significados. Câncer pode ser grande traição do corpo ou apenas signo. Mas mãe doente é uma coisa só: pátria em ruínas. Enquanto vejo o médico com o envelope na mão, diante dos resultados da nova biópsia, lembro de você, no ano passado, muito franzina, numa cama de hospital. Naquela época, agora percebo, eu estava anestesiada, envolta por um manto de engano, pois me pensava bem, no controle das coisas, acreditava que nada sentia. Só hoje também posso perceber que, mesmo falando deste assunto sem pausas, tratando dele ininterruptamente, jamais consegui alcançar seu núcleo, a substância do que eu tanto dizia. Quanto mais eu o descrevia, mais ele me escapava e, mesmo sem ser falso, sim, pouco do que eu enunciava soava verdadeiro, nem a mim mesma convencia. Meses depois, com você recuperada, já bem melhor, fantasiei que voltaria, então, a ser tudo como antes, que retomaria uma certa confiança diante da vida, aquela imensa liberdade que é não ter medo do porvir. Mas descobri, mãe, que aos quarenta anos, permaneço criança de colo, quero regredir, chorar, ser para sempre apenas filha, até mesmo esquecer que tenho crias. Aperto forte sua mão, conte comigo, eu te amo profundamente, mãe, desejo usar as palavras exatas, escrever um texto depois disto, fazer deste meu imenso pânico uma espécie de comunhão, um encontro bonito, tenho horror do que este homem vestido de branco irá nos dizer, se ele não falar o que quero ouvir, gritarei, insistirei que ele mente, enfim, farei o diabo, não, não tenho condições de suportar mais isto...

(Aqui estou, já distante. Atravessamos o túnel das improbabilidades, tornei-me outra, mãe, embora continue incapaz de expressar exatamente o que mudou em mim e o que farei com o ocorrido. Tento esquecer o que se passou conosco, mas ainda não consigo. Busco chamar, então, o ontem de memória para deixar tudo bem preso ao passado, só que o acontecimento ainda se mostra muito nítido. Sempre busquei ser respeitosa com a ordem do mundo, jamais desafiei intencionalmente nada de sagrado, portanto, acreditava merecer guarda, proteção e justiça. Só que o fluxo da vida não se controla, é preciso aprender a se aproximar com ternura, dar conta do seu risco. Ao contrário do desejo, tantos em somente um, morte é coisa certa, inflexível. Claro, tenho consciência de que preciso me preparar, mas é no presente que a gente respira. Então, perdoe-me se pareço invasiva, agora me afasto, mãe, pois percebo que você precisa de espaço para comemorar seus bons resultados, assimilar tal providência divina. Contra todos os indicativos, enfim, encontrei uma narrativa para nós com final feliz. Sim, eu te quero como és e se não sou capaz de salvá-la, mãe, se não tenho tamanho poder, ao menos, salvo-me, ao escrever e te querer tanto assim.)

Canção: "Motriz"
Álbum: *Ciclo*, de Maria Bethânia
Ano: 1983

A primeira mulher que cantou

Socorro Acioli

Jorge Parra Vásquez, um excêntrico milionário espanhol, me pagou antecipado cinco vezes o valor que eu cobraria normalmente pelo mesmo trabalho com a condição de que eu não fizesse perguntas. Ele vive sob disfarce, com paradeiro desconhecido, espalha sósias por duas a três grandes cidades do mundo, e na ilha onde vive, seu nome é apenas Dom Jorge, o homem da casa Vanilla.

Peguei um voo de Salvador a São Paulo, outro de São Paulo a Pretória e mais um outro avião de menor porte até a Ilha, este era o nome do lugar. Apenas Ilha. Da janela do avião tive certeza de que estava diante da paisagem mais bonita que poderia ver na vida, um pedaço de terra redonda, verde-luz no mar azul, enfeitada por uma espiral que se enrolava da praia até as montanhas do topo como um caracol. Enquanto chegávamos mais perto da aterrissagem, percebi que o desenho perfeito era uma linha de trem e em breve eu estaria acomodada em uma daquelas cabines, pois faríamos uma pequena viagem.

Ele mesmo foi me buscar no minúsculo aeroporto, que recebia apenas um avião de pouco mais de vinte lugares onde voei sozinha com o comandante, um copiloto e uma comissária de bordo. Por recomendação de um tratamento especial, eu era chamada pelo nome e me ofereciam amêndoas com chocolate, sanduíches de salmão e suco de laranja com espumante. Aceitei tudo, eram iguarias de minha predileção e não por coincidência. Dom Jorge era um homem magro, de sorriso bonito, mas de poucas palavras. De lá seguimos até a estação, praticamente em silêncio.

— Espero que tenha feito uma boa viagem.

— Sim, não vi o tempo passar e sonhei com pássaros em revoada.

— Isso é bom presságio?

— Costuma ser.

Chegamos pouco antes das oito horas da manhã, e ele me pediu que esperasse um pouco enquanto iria ao banheiro. Parei em frente à única loja do lugar que só vendia objetos, produtos e bichos azuis. Vivos e mortos. Garrafas de água, capas de chuva, inúmeros sacos de peixes vivos, uma geladeira com peixes e moluscos mortos, azul prata, sapatos, camisetas com a locomotiva e a palavra Isla, bolas de vidro, esmaltes de unha, tintas de parede, chicletes, bonecas, licores, carrinhos, pacotes de biscoitos, tudo na mesma cor. Cheguei perto para conferir se não era delírio das minhas córneas cansadas e vi que atrás do balcão um quadro exibia borboletas azuis espetadas com alfinetes, vários livros em tons do celeste ao marinho. O homem estava de branco e não sorriu.

Dom Jorge voltou com dois cafés, dois sanduíches e me avisou que o restaurante do trem só funcionaria para o almoço, mas expliquei que demoraria um tempo para que eu tivesse fome novamente, comi e bebi como rainha durante o voo. Meu lugar de viagem seria em uma das quatro cabines especiais, com uma cama e uma poltrona confortável, caso eu quisesse dormir. Não seria possível, meus olhos desejavam a ilha.

O trem fez uma volta inteira pela beira da praia, e percorremos toda a extensão da ilha antes de começarmos a subir. As janelas estavam abertas, o clima era fresco e agradável. Meus pensamentos estavam divididos entre a estupefação com a paisagem e a apreensão pelo que Dom Jorge esperava de mim.

As casas acompanhavam a beira da estrada de ferro, e os moradores subiam e desciam do trem a cada parada.

Eram rostos de várias etnias, assim como a arquitetura das vilas, os tipos de plantas, as cores das moradas. Limoeiros e laranjeiras perfumavam o primeiro trecho da subida. De longe eu ouvia as vozes e tentava identificar os idiomas. Apesar dos sotaques, todos falavam em espanhol.

A paz que eu sentia atravessando aqueles corredores de árvores e casas não era algo que eu conhecesse de antes. Nunca nenhuma paz foi assim. Eu precisava olhar e apreender tudo dentro de mim, naquelas horas. Cochilei para sonhar, de novo, com uma revoada de pássaros pequenos que cantavam tuítuí, tuítuí.

Dom Jorge bateu à porta da minha cabine, convidando para o almoço. Ainda era cedo, onze em ponto, mas ali tudo iria começar. Exatamente a partir da parada na entrada de algo parecido a uma fábrica, um cheiro doce invadiu o trem e cobriu a ilha inteira, como uma névoa muito leve. Não era mais a acidez dos cítricos quentes pelo sol, mas um sabor que cobria a pele, os cabelos e adocicava os pensamentos.

A ilha toda era um canavial, e estávamos diante do maior de muitos outros engenhos espalhados por toda a extensão. Ele contou que ali, um dia, houve uma explosão na caldeira e as centenas de litros de açúcar em derretimento lento arrebentaram os portões e cobriram o leito do pequeno curso de água ao lado, que passou a chamar-se Rio de Caramelo. A fenda da caldeira não foi consertada, a pedido de Dom Jorge. Passamos por ele e pude ver a maravilha inacreditável, as crianças na margem molhando as frutas no rio doce, que nunca mais voltou a ser de água, nunca mais deixou de ser o fluxo de mel caudaloso e morno.

O almoço foi servido, e o chef, com feições indianas, explicou que o prato do dia era frango com baunilha, a pedido de Dom Jorge. Nunca provei nada igual, comi com muito gosto a carne macia impregnada com o molho âmbar salpicado de pontinhos pretos, enquanto ele me contava sobre como a Coca-Cola acabou com as plantações de baunilha no mundo.

Esse sabor divino vem das favas de uma orquídea, ele me disse, e para extrair precisamos de meses entre a colheita, o molho, a secagem, outro molho, outra secagem ao sol, até obter a fava conservada e, dentro dela, o ouro negro da baunilha. Tinha algumas em um estojo de madeira, para mim. Nunca tive coragem de usar para nada. Quando preciso, abro o estojo e sinto aquele cheiro novamente.

— A receita original da Coca-Cola era com a fava natural, mas eles inventaram a baunilha química, que todo mundo compra nos supermercados e joga nos bolos, nos pudins, até que as fazendas foram acabando. Em Madagascar, no Caribe, não há mais nada, mas sigo aqui com minha Casa Vanilla — ele disse —, porque alguém precisa ir contra a destruição das coisas belas do mundo.

— Fazemos um rum inigualável — explicou o chef —, porque também leva as favas na sua fermentação — dizia enquanto nos servia. Provei uma dose, mais outra e outra mais. Não era a minha intenção beber, nunca bebo durante o trabalho, mas naquela ocasião eu já estava em transe desde cedo.

Dom Jorge arrumou as costas na poltrona de veludo vermelho enquanto mudava o tom da conversa, aos poucos. Diminuiu o sorriso, arqueou as sobrancelhas para explicar o que seria o centro das suas obsessões. Ainda não era o momento de me dizer exatamente o que eu deveria fazer, mas em uma hora estaríamos no local e já estava no tempo de me preparar.

— Você sabe por que falamos? Por que cantamos? Por que os pássaros cantam?

— Não sei. Por que precisamos das palavras e da música?

— A questão não é para que serve, mas por que aconteceu.

— Como assim?

— Nós falamos e cantamos por causa de um minúsculo gene chamado FOXP2. Há anos estou financiando uma pesquisa do Instituto Max Planck de Antropologia Evolucionária, em Leipzig, Alemanha, para extrair DNA de fósseis aqui. Alguns cientistas vieram, e acho que fizemos uma descoberta espantosa.

— Qual foi?

—Tudo leva a crer que foi aqui, na Ilha, que esse gene, o FOXP2, sofreu sua mutação crucial. Essa pequena mudança, que depois se espalhou por todos os *Homo sapiens* ao redor do mundo, nos permite falar e cantar. Foi por isso que trouxe a senhora até aqui. A senhora está na ilha onde o primeiro homem cantou.

Não sou cientista. Talvez eu seja uma mulher cuja vida testemunha exatamente a contramão da ciência, porque tudo que digo, faço e vejo parte de uma certeza de impossível comprovação. Ganho a vida transformando o imponderável em quase certezas, para os que acreditam que na vida cabe algum milagre. Não me parecia nem um pouco factível que eu tivesse alguma relação com as descobertas científicas de pesquisadores notáveis, ali não era o meu lugar.

Ficamos em silêncio até a última parada do trem no topo das montanhas. Descemos apenas nós dois e o maquinista, levando três lanternas potentes para a entrada de uma gruta.

Não tinha nada demais, nada além de uma cavidade na rocha, que ia até longe. Algumas pinturas nas paredes foram preservadas, mas não era um lugar sinalizado para turistas. Deu a impressão de que ninguém entrava naquela caverna. Mas nós entramos.

— Antes de trazê-la aqui, pesquisei até encontrar a melhor vidente, a mais confiável, e seu nome é tão misterioso quanto impressionante. Soube que desvendou crimes, que por vezes trabalha para o serviço secreto, tudo porque pode ver os mortos e perguntar coisas a eles. É disto que preciso: que faça uma pergunta a alguém que já morreu.

— Que morto o senhor quer que eu veja?

— O primeiro homem que cantou.

— Não posso garantir que ele estará aqui. Ou que, se estiver, consiga identificá-lo.

— Faça o que for preciso, senhora Alquimia. Prefere as lanternas acesas ou apagadas?

— Apagadas.

— Trouxe algum material de trabalho? Precisa que o pegue no trem?

— Não. Eu não uso nada. Preciso de silêncio, apenas.

Acordei na cama do vagão, olhei pela janela e a lua deixava um rastro leitoso no mar. O cheiro doce e amargo da plantação de cana, o vento frio e doce, tudo me despertou aos poucos e entendi onde estava.

Chegamos na estação e Dom Jorge contou que desmaiei na caverna, depois acordei e não falei mais nada.

Eu não conseguia falar. Ele me perguntava se consegui ver alguém, respondi que sim, com a cabeça. Abri a boca, mas minha voz não saía mais.

Perguntou se vi o primeiro homem que cantou, se pude perguntar a ele qual foi a primeira música que alguém cantou no mundo.

— É isso que quero, dona Alquimia. A primeira música da humanidade.

Fiz um gesto de riscar com a mão, e ele correu para buscar um papel e uma caneta. Fechei os olhos para ter certeza da cena que vi e quis chorar, novamente. Escrevi no caderno: quem cantou primeiro foi uma mulher. Depois os homens imitaram.

Sim, conseguia me lembrar perfeitamente da música, mas não era possível falar. Dom Jorge mandou vir um médico da Alemanha, mas não havia nada errado comigo. Tentei desenhar, muito mal, as cenas que vi. Os homens e as mulheres ao redor do fogo enquanto ela cantava. Estavam maravilhados, olhavam como se ela fosse o próprio Deus. E era, sim, uma linda canção. A primeira música do mundo.

Fui embora da ilha deixando com Dom Jorge uma imensa decepção. Semanalmente ele me pedia notícias, e minha voz demorou mais de um ano e meio para voltar. Nesse período, ele cobriu todas as minhas despesas, já que meu trabalho ficou prejudicado. Atender os clientes explicando as coisas com desenhos e palavras escritas ficou muito custoso. Decidi aproveitar para tirar férias.

A voz voltou, aos poucos. Depois que reestabeleci a fala ele veio até minha casa e me pediu que cantasse a música, mas eu não lembrava. Tentei gravar na memória, mas não consegui, não tenho conhecimentos musicais para solfejar, anotar uma ideia de notas, acordes, arranjo, partitura, fui incompetente e deixei ir embora um tesouro.

Pouco a pouco fui esquecendo tudo. A ilha, o trem, Dom Jorge, a caverna e a família pré-histórica que cantava ao redor do fogo. Apareciam às vezes em lembranças esparsas, vagamente, até que não restou mais nada. Nenhum vestígio dessa viagem, um lapso de tempo nos dez dias entre ir e voltar da ilha. Esquecimento completo. Até hoje, dezenove anos depois.

Estou em Havana com meu marido, que comprou de surpresa os ingressos para um show de Omara Portuondo, no Hotel Nacional. Estamos comemorando nossos dez anos de casamento e, apesar de ver os mortos em todos os lugares, ouvir vozes nos corredores do hotel e tudo aquilo que uma vidente já conhece, porque é parte da sua vida, estou feliz como nunca estive antes.

Omara estava magnífica, cantando "Dos Gardenias", a nossa música. Nos beijamos a canção inteira, e eu estava distraída nos olhos dele quando subiu ao palco uma cantora convidada, de cabelos longos, porte elegante e voz grave. Um cheiro doce invadiu o restaurante, a névoa leve de açúcar, e ela começou a dizer as palavras, a dizer voz cinco vezes, luz três vezes, a ideia de um sinal. Lembrei de tudo, era a primeira música do mundo, e agora posso cantar para o senhor, Dom Jorge, depois da morte não precisamos de trens.

Sobre os autores

Arthur Dapieve nasceu no Rio de Janeiro/RJ. É jornalista, professor e escritor. Tem onze livros publicados, entre não ficção e ficção, como *Do rock ao clássico — cem crônicas afetivas sobre música* (Agir, 2019) e a coletânea de contos *Maracanazo e outras histórias* (Alfaguara, 2015, quarto lugar no Prêmio Oceanos do ano seguinte).

Carlos Eduardo Pereira nasceu no Rio de Janeiro/RJ. Cursou História na UFRJ e Letras na PUC-Rio, na habilitação Formação do Escritor. Tem contribuições em diversas antologias de contos e publicações literárias em geral. Em 2017, lançou, pela editora Todavia, *Enquanto os dentes*, seu romance de estreia.

Cida Pedrosa nasceu em Bodocó/PE. Poeta desde a adolescência, na década de 1980 militou no Movimento de

Escritores Independentes de Pernambuco. Tem dez livros de poemas publicados. *As Filhas de Lilith* (Claranan, 2009) e *Claranã* (Confraria do Vento, 2015) foram selecionados pelo Prêmio Oceanos. *Solo para vialejo* (2019), venceu o Prêmio Jabuti em 2020 nas categorias Poesia e Livro do Ano.

CIDINHA DA SILVA nasceu em Belo Horizonte/MG. É escritora e doutora em Difusão do Conhecimento pela UFBA. Autora do premiado *Um Exu em Nova York* (Pallas, 2018), entre outros, organizou também dois livros importantes para pensar as relações raciais no Brasil contemporâneo: *Ações afirmativas em educação: Experiências brasileiras* (Selo Negro Edições, 2003) e *Africanidades e relações raciais: Insumos para políticas públicas na área do livro, leitura, literatura e bibliotecas no Brasil* (Fundação Cultural Palmares, 2014).

EDIMILSON DE ALMEIDA PEREIRA nasceu em Juiz de Fora/MG. É poeta, ensaísta, autor de literatura infantojuvenil, professor na Faculdade de Letras da UFJF. Autor de *Front* (Nós, 2020), vencedor do Prêmio São Paulo de Literatura na categoria Melhor Romance do Ano de 2020 e do Prêmio Oceanos (2º lugar), ambos em 2021.

GIOVANA MADALOSSO nasceu em Curitiba/PR. É autora de *Suíte Tóquio* (Todavia, 2020), romance finalista do Prêmio

Jabuti e do Prêmio São Paulo de Literatura em 2021, traduzido para diversos idiomas. Também é autora de *Tudo pode ser roubado* (Todavia, 2018), *A teta racional* (Grua, 2016) e do livro infantil *Altos e baixos* (Leiturinha, 2021).

Jeferson Tenório nasceu no Rio de Janeiro/RJ. Radicado em Porto Alegre, é doutorando em teoria literária pela PUCRS. Estreou na literatura com o romance *O beijo na parede* (Editora Sulina, 2013), eleito o livro do ano pela Associação Gaúcha de Escritores. Teve textos adaptados para o teatro e contos traduzidos para inglês e espanhol. É autor também de *Estela sem Deus* (Zouk, 2018). *O avesso da pele* (2020) é seu romance mais recente, publicado pela editora Companhia das Letras e vencedor do Prêmio Jabuti 2021.

Juliana Leite nasceu em Petrópolis/RJ. Seu romance de estreia, *Entre as mãos* (Record, 2018), recebeu os prêmios Sesc e APCA, foi finalista dos prêmios Jabuti, São Paulo e Rio de Literatura, e semifinalista do Prêmio Oceanos, além de ter sido publicado na França e tido os direitos vendidos para o cinema. Mestre em Literatura Comparada, foi selecionada para a residência artística da revista *Triple Canopy*, de Nova York. Teve textos publicados na revista *Época* e no jornal francês *Libération*, entre outros. *Humanos exemplares* (Companhia das Letras) é seu segundo romance, publicado em 2022.

MARCELO MOUTINHO nasceu no Rio de Janeiro/RJ. É autor dos livros *A lua na caixa d'água* (Malê, 2021), *Rua de dentro* (Record, 2020), *Na dobra do dia* (Rocco, 2015) e *A palavra ausente* (reedição, Malê, 2022), entre outros. Com *Ferrugem*, lançado pela Record, conquistou o Prêmio Clarice Lispector, da Fundação Biblioteca Nacional (melhor livro de contos de 2017). Publicou também os infantis *Mila, a gata preta* (Oficina Raquel, 2022) e *A menina que perdeu as cores* (Pallas, 2015).

MATEUS BALDI nasceu no Rio de Janeiro/RJ. É escritor e jornalista. Mestrando em Letras na PUC-Rio, pesquisa a obra de Caetano Veloso. Criou a Resenha de Bolso, voltada para a crítica de literatura contemporânea, e foi organizador das edições literárias da revista *Época*, da qual foi colunista. É autor de *Formigas no paraíso* (Faria e Silva, 2022).

MICHELINY VERUNSCHK nasceu em Recife/PE. É escritora. Seu primeiro romance, *Nossa Teresa — vida e morte de uma santa suicida* (Patuá, 2014) foi agraciado com o Programa Petrobras Cultural e com o Prêmio São Paulo de Melhor Livro de 2015. É mestre em Literatura e Crítica Literária e doutora em Comunicação e Semiótica pela PUC-SP. É autora, entre outros, de *Geografia íntima do deserto* (Landy, 2003), *O movimento dos pássaros* (Martelo, 2020), *O som do rugido da onça* (Companhia das Letras, 2021) e *Desmoronamentos* (Martelo, 2022).

NARA VIDAL nasceu em Guarani/MG. É escritora, editora, tradutora e professora. Autora de *Sorte* (reedição, Faria e Silva, 2022), vencedor do Prêmio Oceanos, *Mapas para Desaparecer* (Faria e Silva, 2020), finalista do prêmio Jabuti e vencedor do prêmio Luiz Gondim, e *Eva* (Todavia, 2022). É colaboradora e colunista da *Tribuna de Minas*, do jornal *Rascunho* e da revista *Quatro Cinco Um*. Mora em Londres desde 2001.

PAULA GICOVATE nasceu em Campos dos Goytacazes/RJ. É escritora e roteirista para cinema e TV. Em 2015, foi selecionada para uma residência de escrita criativa em Barcelona e, em 2017, foi uma das autoras brasileiras convidadas para a Feira Internacional do Livro de Guadalajara. Publicou, entre outros, *Este é um livro sobre amor* (Editora Guarda-Chuva, 2016, traduzido e publicado na Espanha) e *Notas sobre a impermanência* (Faria e Silva, 2021).

RENATA BELMONTE nasceu em Salvador/BA. Doutora em Direito pela USP, é autora do romance *Mundos de uma noite só* (Faria e Silva, 2020) — finalista do Prêmio São Paulo de

Literatura 2021 e semifinalista do Prêmio Oceanos 2021 — e de três livros de contos: *Femininamente* (Casa de Palavras, 2003), vencedor do Prêmio Braskem de Literatura, *O que não pode ser* (Prêmio Arte e Cultura Banco Capital, 2006) e *Vestígios da Senhorita B* (P55, 2009).

SOCORRO ACIOLI nasceu em Fortaleza/CE. É Jornalista, doutora em Estudos de Literatura pela UFF. Autora do romance *A cabeça do santo* (Companhia das Letras, 2014) e vencedora do Prêmio Jabuti com o livro *Ela tem olhos de céu* (Editora Gaivota, 2012).

Ouça aqui as quinze canções que
inspiraram os contos deste livro

CAETANO EMANUEL VIANA TELES VELOSO (Santo Amaro/BA, 1942) é escritor, compositor, músico e cantor. Considerado um dos grandes poetas brasileiros vivos, Caetano Veloso promoveu uma verdadeira revolução estética e comportamental quando surgiu no cenário cultural, nos anos 1960, como expoente do Tropicalismo — movimento artístico de cunho antropofágico que se espraiou pelas artes brasileiras, influindo decisivamente não apenas na canção popular, mas na literatura, nas artes visuais, na moda, na arquitetura, no design, no teatro, no cinema, na televisão e na performance. Suas canções singulares conciliaram, com rara esperteza, as bases melódicas e percussivas da música e da poesia do Brasil e as renovadas sonoridades que ganharam o mundo à época, como o rock psicodélico. Esse arcabouço sonoro extremamente diverso e randômico, aliado às invenções poéticas de seu palavrório, impulsionou sua maneira de cantar — intensamente barroca e variante —, transformando sua voz em uma espécie de ponto convergente dos muitos modos de existir e de se expressar. Ao longo da carreira, Caetano Veloso deu mostras de que sua arte advém de uma fonte inesgotável de criatividade, conferindo à sua figura extraordinária um manto de mistério que, mesmo sem apego a premissas teológicas, desafia a compreensão de que sua matéria seja realmente humana. Ele esteve, está e sempre estará além das fronteiras e das convenções.

A primeira edição deste livro foi impressa nas oficinas da
DISTRIBUIDORA RECORD DE SERVIÇOS DE IMPRENSA S.A.
Rua Argentina, 171, Rio de Janeiro, RJ, para a
EDITORA JOSÉ OLYMPIO LTDA, em agosto de 2022,
ano do 80º aniversário de Caetano Veloso.

*

90º aniversário desta Casa de livros, fundada em 29.11.1931